U0044679

溫柔時光

洪明傑　著

金門縣文化局

自序

那年歲末來到溫哥華，天氣陰冷而多雨。與先前夏日來訪的燦然陽光，判若兩個城市。

初來，在西區租了一處地下室先安頓。在雨季不停的日子，每天只能由氣窗聽那滴答的雨聲。零度左右的氣溫，一時也還沒能適應。只好尋求自我探索，每天開始塗塗寫寫，有時投投稿，有時在素描本塗塗畫畫。這樣，卻也意外找回一絲絲年少時想做，卻一直未能實現的夢想。

有一年夏天回到家鄉金門。那時，「金門日報」正找四弟明標寫專欄。明標因教職忙碌，轉而詢問我的意願。聽這消息，我欣然答應。我知道自己疏怠懶散，若有截稿的日期，何嘗不是好事；或許還可以逼自己寫些東西。

這書的內容大部分來自這專欄的文字，一部分則是我部落格的文章。有對島鄉金門的眷戀，對台灣的懷念，對溫哥華的觀察，對文學藝術的感應，以及初來的一些素描小畫作，算是最近兩三年來自己生活的一點紀錄。

感謝金門日報社對我的信任、金門文化局審查委員會的厚愛通過贊助出版、明標讓機會給我，以及內人昭慧不時的協助與建議。

二〇一一年六月八日於溫哥華

目次

輯一

輯二

輯三

輯四

輯一

作者「雪人飛越穹蒼系列」陶板畫局部

王爺廟埕

叫喊聲、嘻笑聲、吵鬧聲此起彼落。在王爺廟埕，囝仔兩兩猜拳，贏的、輸的各為一「國」。每一國佔有廟埕前的一面牆為基地，玩起「救國」又稱「救兵」的遊戲來。兩方依序出兵，後出者可追趕前者；若被趕上抓到便要成為對方的俘虜。

情況非常危急，圓目仔這邊只剩他一人，其餘的伙伴都給對方抓了。他的同夥們從對方的牆一個個手拉著手一字排開形成一長列。像是釘在牆上的人串，忽西忽東的移動焦急等待救援。圓目仔必須突破對方層層的攔截、封鎖、拍觸到伙伴，伙伴們便可得救……。

這是多年前，王爺廟前廣場的事了。那時廟埕是孩子尋找玩伴、嬉戲玩耍的場所。

皮膚晒得烏亮個子比同伴高出半個頭的黑炭仔是這夥玩伴的頭頭。他頭腦靈活、點子特多；而且驍勇善戰膽量過人。為何說「驍勇善戰」？在那個有點失序的年代他很會打架，即便塊頭比他高大的孩子都被摺倒。他知道如何扭按對方的手臂，使對手痛楚難忍求饒；也懂得攔腰緊緊抱住對方，下巴使力頂住對方胸口扳倒對手。那時各個角落的囝仔各有玩耍的地盤，黑炭仔儼然是王爺廟埕孩子嬉戲玩耍不受外來囝仔侵擾的保證，附近角落的孩子都震懾於他的名號。

黑炭仔除了驍勇能戰，也懂得「組織群眾」。那時整個社會籠罩在一片戰鬪氛圍裡。孩子也似懂非懂的聽說最高當局擁有五顆星的官階，還聽說全世界擁有五顆星的將領寥寥沒幾人。黑炭仔這麼厲害的角色，當然也是自封為五顆星的囉！其他的囝仔則有四顆星、三顆星……不等。

囝仔擁有幾顆星是要憑實力的。當時廟埕附近時常蓋防空洞或整修被對岸砲彈損壞炸垮的房子，常會運來一大堆白色細海沙作為建材。孩子們便在沙堆上透過類似摔跤的方式比武，誰能夠所向披靡扳倒一堆人，就能掙到三顆星或四顆星的頭銜。

當時，孩子的零食幾乎是自家做的糕餅。當某個孩子拿著從家裡帶來的糕餅，大夥看到了。霎時，給我「呷一嘴」聲此起彼落；你咬一口的，我咬一口的，糕餅一下子就被瓜分完了。時常帶糕餅給大夥同伴吃者，也有升官的機會，可升個半顆或一顆星的。

王爺廟前有家「糊紙店」是阿輝仔家的，輝仔不但有雙巧手，更有一對看過就心領神會的眼睛。他從小跟著老爸四處幫人紮糊紙房子、紙車子、紙電視機……等冥器，讓「做功德」的人，燒給另一世界的親人。

每到暑假廟埕的孩子除了到浯江溪抓抓小魚、廢棄池塘泡水游泳，再就是到阿輝仔家的紙紮店納涼看糊紙。大夥看著輝仔熟練的將竹片修整、去節、剖成細條。然後將細竹條彎成所要的造型，銜接處以棉紙條沾漿糊紮纏固牢。完成竹骨架後敷貼以各色色紙，完成生動的花燈、栩栩如生的紙人物。

每年農曆七月十五日中元普渡，王爺廟埕的孩子也仿大人的普渡桌，在埕邊一角玩起囝仔的普渡桌來。供桌上需有一尊普渡公，這項艱難的工作自然落到阿輝仔的肩上。相傳普渡公是觀音菩薩的化身，為了鎮懾鬼魂，臉上有數處隆起的肉瘤面目猙獰可怕。這臉部的製作頗為費工，必須用棉紙一層層敷貼在已事先做好的水泥臉模上，等乾了撕下再加以彩繪、裝飾、戴上有絨球及亮片的頭冠。普渡公通常採坐姿，胸前、肩上、手臂及腿上都貼有金箔做成的鎧甲，兩腳蹬著長靴，一前一後；兩手手指也各有姿態。

阿輝仔製作的普渡公青面獠牙，嘴巴噴出兩串火舌。背部插著類似平劇武將的五面小旗子，造型威風凜凜，臉部森嚴令人不寒而慄！更具創意的是頭與身體的結合是活動的，每當微風陣陣吹來，普渡公也頻頻點頭。好像暗示叮嚀眾生「多做善事」！「多做善事」！

供桌上除了擺放罐頭食品，孩子們還特地從浯江溪畔鏟來草坪鋪在供桌上，並放置小屋舍、小涼亭、小橋來造景。捉到的小烏龜也放在供桌供人觀賞。

午夜，是普渡桌最具高潮的時刻。囝仔都聚攏來到普渡桌前，大夥輪流擲筊，爭取來年「做頭」，負責來年普渡桌的安排籌畫。一般相信做頭可帶來好運，大夥無不卯足全力，努力爭取。擲出「聖杯」者可連續再擲，因此，頻頻加碼酬謝，請普渡公再給聖杯成全，所謂的聖杯也就是擲出的筊杯，成一仰一俯。最後，擲出最多聖杯者，可獲得來年做頭的殊榮。

燒金紙的火光，閃耀在每張熱情歡樂的囝仔臉上、歡笑叫嚷聲浪，隨著擲出聖杯而不斷湧現，現場激昂熱烈到產生來年做頭的人。

浯江溪憶舊

雖是夏季，清晨，空氣清涼舒爽。每次回到家鄉，都會沿著浯江溪散步。有時走過昔日兒童橋的舊址到莒光樓；有時走遠些到延平郡王祠，吹著海風，隔海觀覽烈嶼及對岸群山。

浯江溪自被鋼筋水泥覆蓋做為民眾停車場後，這條曾蘊藏水草、水中生物、淺渚的蜿蜒小河，便消失在地底了。數百年來，孕育著後浦繁榮發展的母親之河，自此不見天日。更難想像早年河流的「檣桅林立」，舟船往來的盛況。

昔日，東門「代天府」前也有個大池塘，人稱「王爺池」。池塘有閘門溝渠與浯江溪相通。池的四周樹林茂密，曾是孩童探險戲耍的天地。每到夏夜，蟲鳴蛙叫，喧囂異常。這水塘因開闢貫穿王爺池的民族路及興建東門市場而填平。

其實，一條河、一片湖水對城鎮的發展是正面的。試想，若保留下來，將給城鎮增添多少嫵媚與內涵！

童年常與三五玩伴打著赤腳，在溪中戲水、抓小魚。記得有一玩伴，天生是野外玩家，教大家遇到水蛇如何用手指扣緊不讓滑溜，然後摔向岸邊，將水蛇擊昏。還熟稔魚兒藏身處，教大家構築工事捕魚。通常，選定一段水流，用水草、河沙及泥巴築成兩道土堤，將河流截斷，使成一小水塘；並將先前的河道引開。將圍起的小水塘的水移除掉，活蹦亂跳的小魚小蝦，便可一一捕獲。每次捕到為數不少的江魚仔，這些全身銀白透明，有著一對黑色小眼珠的小魚兒，在水中可是機警靈敏。我總愛將魚兒放入晶瑩剔透的玻璃瓶內，加些水草來欣賞把玩。

過兒童橋，是條筆直的小徑。兩旁羅列著大大小小養殖池塘，有些則已廢棄不用。夏日，這些池塘成了孩子嬉戲玩水的天堂。昔日，不曾聽說有泳褲泳衣的，大夥將衣服一脫，光著身子便往水裡跳。池塘的底部是爛爛的泥巴，游泳是危險的。

一次，我們大夥兒正玩得起勁，不知誰去通風報信。憤怒的母親們，個個手上拿著細長的竹條，一路吆喝著孩子名字，氣喘吁吁地往池塘大步走來。孩子聽到母親叫喊聲，驚恐萬分。有的急忙躲入水草中、有的潛入水底、有的將池底的黑泥巴往臉上塗，讓母親無法辨識。母親們怒不可遏，到了池塘邊將岸上孩童脫下來的衣服拎著便走。孩子這下可慌了紛紛光著屁股上岸，萬般無奈地尾隨母親回家。

浯江溪來到出海口寬廣了起來，瘋瘋嶼又稱董嶼矗立其中。退潮時，淺灘盡是招潮蟹、彈塗魚。當夕陽西下，映著水波斑斕，襯著遠方山巒重重、漁帆點點，可謂氣象萬千，故昔日有「董嶼安流」之譽。當年不識愁滋味的年紀，當苦悶失落來襲，我常沿著溪流散步到這出海口；看著潮漲潮落，聽著風聲、海浪聲，心中鬱悶塊壘也跟著舒坦開來。

不知是否對這溪流愛戀太深？在過往歲月，我的住家仍與河流密不可分。當年到台北工作，住家就選定在新店溪畔。溪流河床有著大小不一的鵝卵石，溪旁常有成排的蘆葦叢，當開花時節隨風搖曳，煞是好看。及至目前，住家附近的菲沙河（Fraser River）仍為我所鍾愛，載滿原木的駁船，緩慢航行於河道中，岸邊時有釣客怡然垂釣，一幅恬靜景像。

這夏日清晨，空氣仍清新一如往常。我踏著昔日的足跡，沿著浯江溪漫步。但那清澈的河流、潺潺的水聲、銀白透明的江魚仔，已無處可尋！

溫柔時光

回憶過往的時光，那些溫柔的影像、美好的事物、深愛的人。雖時間已遠，但卻鮮明如昨，其情其景令人百般陶醉。

縫鈕釦

冬日午後，陽光自天井斜斜照入老家大廳門柱後。祖母常常挪來舒適靠背的藤椅，就著這片和煦陽光縫縫補補。一旁放著一個曾是裝餅乾的鐵盒子，裡頭裝著針線、針插、各式的鈕釦、剪刀等女紅用具。祖母專注的神情，一針針的縫補。有時挑選了一個鈕釦比了比，像似顏色不搭配，又放回鐵盒中；再次撥找盒中那一堆鈕釦，挑了另一個鈕釦，又拿來比一比。這回好像大小不合適，又放了回去……。就這樣在溫暖的陽光下，尋尋找找、縫縫補補。

一幅不疾不徐，舒緩悠閒的生活影像。

時光從祖母的指尖溜過，祖母手持的針孔溜過，祖母的身旁溜過；日影也一寸寸往紅磚地板後頭推移，椅影被拉得更長更遠。但這些似乎並不挺重要，生活不是要與時間賽跑。生活要能從容、滿足，並從中獲得樂趣。

竹蓆

夏日傍晚，孩子提著水桶至門口埕的水溝旁沖涼洗澡。在那沒有自來水，不曉得浴室長得是什麼樣子的年代，這樣的沖涼是夏日最愉快的時光之一。

洗完澡的孩子，換上仍留著太陽氣味的衣褲，躺在門口大人已經鋪好的竹蓆乘涼。那個年代沒有風扇，沒冷氣。大人們手裡拿著長羽毛做的扇子，坐在竹蓆邊或小矮凳上，一面搧著扇子一面彼此說著話；還不時挪移手中扇子，幫躺在身旁的孩子搧幾下。

當月光灑落一地，大人講有關月亮的故事，讓孩子每回看著月亮，引發無限的遐思。大人告誡孩子不可以指頭指著月娘，那是不禮貌的，害得孩子每回要握著拳頭代替手指對著月娘。中國的傳說裡在天上的都是神，因此，大人對月娘是尊敬的，對七夕的織女也是尊敬的。每到夏日七月初七晚上，大人採摘庭院裡的胭脂花來拜七夕娘娘，大人總是不嫌麻煩為七夕娘娘準備化妝品。孩子躺在竹蓆上乘涼，仰頭望著滿天星斗、銀河及月亮。那深邃的蒼穹，給孩子寬廣的想像。

這自然和諧、喜樂自足的日子，倒讓人想起古人怡然自得享受生活的畫面「冠者五六人，童子六七人，浴乎沂，風乎舞雩，詠而歸。」如出一轍，或許生活本該如此。

喝茶

父親在世時，泡茶大概是他現實勞頓生活中最快樂的時光。那時還沒聽說有烏龍茶，常聽的是大紅袍。還有一種鐵羅漢的說來自香港。每回，父親要泡茶，便差遣孩子到雜貨店，買一小包鐵羅漢。

泡好茶，父親吆喝著孩子喝茶。第一次聽說美國有「洛克菲勒」這號人物，這石油起家的富豪是從父親口中得知的。喝茶時，父親總不忘講述從報上看來的有趣新聞與孩子分享。父親對於富豪將大部分財產捐給社會而不遺留子孫，及對富豪子女仍須打工掙自己學費，除了津津樂道外也感到不可思議。

父親也說傳奇人物，講閩南人陳嘉庚在南洋發跡的故事。至今，我仍依稀記得父親形容陳嘉庚產業之大的話語「他的橡膠園，火車跑了六、七個小時，才跨越那一大片田園……。」陳嘉庚熱心興學，成績斐然，在家鄉對岸的廈門集美地區，建有各類學校嘉惠學子無數。

在這茶香撲鼻，水煙繚繞中，孩子們常陶醉在父親講述的故事裡。

這點點滴滴的影像、記憶、事物，像靈光乍現似的偶而就出現腦際。好像有意無意提醒我，是否過於行色匆匆而無暇欣賞生活？是否過於忙碌，而忘了在心裡挪出一處角落，與家人、喜歡的人共度？

記憶裡的兒時玩具

歲月如流，兒時已遠，童年嬉戲玩耍的情景，卻讓我回味再三。有一年台北元宵燈節，仁愛路寬闊的林蔭大道上，裝飾著五顏六色的小燈泡，一片火樹銀花繽紛燦爛，路上遊客萬頭攢動。女兒擎著我幫她以細竹竿紮成的一把兩尺長的關刀燈。燈內置一小燈泡，開關設在把手上。這一另類手工關刀燈，夾雜在其他孩子手提的量販塑膠燈海中，顯得格外突出，引來不少路人的目光。這紮關刀燈的技藝，來自兒時做燈籠的經驗。

小時候，市面沒有太多玩具可買，玩具幾乎都是自己做的；不像現今的孩子有很多玩具、電玩及影音可以選擇。玩的場景也不一樣，我們一群玩伴經常在郊外樹林，捕蟬抓金龜子、溪流捉小魚，夜晚則在池塘邊捕捉螢火蟲。

那時最常玩的有打陀螺、踢毽子這些童玩。明代劉侗「帝京景物略」有這樣的記載「楊柳兒活，抽陀螺；楊柳兒青，放空鐘；楊柳兒死，踢毽子；楊柳兒發芽兒，打柭兒。」其中放空鐘，便是現在的扯鈴，而打柭兒是用一根較長的細木棒擊打一短木棒的遊戲，可見這些童玩已有相當長的歷史了。

住家附近王爺池旁的一大片樹林是孩子玩耍尋寶的寶庫，孩子削陀螺都會跑來這片樹林找樹材。為了在遊戲中不被玩伴陀螺的鋒銳鋼釘劈成兩半，大夥兒費盡心思找尋最硬的樹材。當時流行這樣一句話「一朴、二瓊、三相思、四苦苓、那仔拔無路用。」這是樹材硬度的排序，「那仔拔」是芭樂樹，柴雖硬，但易裂。王爺池隔著水閘與一大排水溝相通，排水溝從另一頭可引進浯江溪水。夏天夜裡，這池塘、水溝邊蟲鳴蛙叫聒噪異常。沿著池塘水溝邊聳立著不少朴仔樹，這些有著淺綠色心形葉子的樹木，是孩子最喜歡用來削成陀螺的樹材。孩子身手伶俐爬到樹上，砍下合適的枝幹來做陀螺。那時候，莒光路一段還沒拓寬，只有幾戶住家及一爿低矮瓦房的打鐵店。這打鐵店也兼做小額生意幫孩子打造陀螺的鋼釘。當費心做好的陀螺打在地上嗡嗡作響旋轉深沉，是孩子最著迷得意的時刻。

昔日隨處可見有「同治通寶」或「光緒通寶」中間有一方孔的銅錢及有龍紋的銅板。用一枚銅錢，一片皮革及四、五支公雞尾部亮麗的羽毛，便可做一個出色的毽子。孩子也以銅板在厝前石階上或在地上挖個小孔玩賭博遊戲。後來這些有龍紋的銅板跟銅錢一夕間不見了。有一說有人收購後賣到台灣的古董店，事實如何，不得而知。

當時兩岸戰火正酣大多數家庭生活拮据，除了沒錢買鞋子外，物質也極度匱乏，孩子赤腳上學是很普遍的。光著腳踢毽子當然無法踢出水準。後來，有一種黑色的膠鞋自軍中流出價錢比市面便宜很多。孩子穿著給軍人穿的膠鞋，當然太大。因此，將鞋帶繫得緊緊的，走起路來鞋頭上下晃動著非常滑稽。但這種鞋子柔軟富彈性最適合踢毽子了。孩子穿著它，一次少則踢個數百下，多則可達數千下！

那段日子每一家的母親幾乎是能幹的裁縫，親自幫家人縫製衣服來節省一筆買衣的開銷。縫紉用線是纏在一種木軸子上，這軸子是做玩具的好材料，孩子用軸子做成「木軸車」。彼此用木軸車來比賽快慢，也互相較勁看誰的力量大；這木軸子現在已不易見到了。

孩子也玩跳繩、滾鐵圈、彈珠、尪仔標、布袋戲，還有摺紙。摺紙則常摺一種平劇人物，背後有數面旗子的。摺好後，畫上人物的五官鬍鬚，在每面旗子上寫個令字便是生動的平劇武將人物。可將一根手指頭伸入摺紙內，像演布袋戲般做表演。還摺一種紙青蛙，對著後頭吹氣紙青蛙便上下跳動著。住家的兩落大厝的天井因排水孔堵住，每回下起大雨便像個小池塘。這時，孩子可樂了，摺著單桅的遮篷的紙船放在水上玩。

當元宵節來臨，孩子興高采烈做花燈、關刀燈，也有做火把的。通常孩子先來到溪邊剉根竹子，一端剖開成四叉竹條，然後將竹條彎成關刀的形狀以棉紙條纏牢。貼上玻璃色紙後再貼上七顆星星，儼然就是一把孩子心目中最崇拜的英雄——關帝爺的「七星偃月刀」燈了。

沒想到這兒時紮關刀燈的經驗，多年後於台北燈節又有表現的機會。讓我可與女兒分享元宵做燈籠的喜悅及重溫童年的回憶。

故鄉的石獅爺

故鄉開放觀光後，一個讓觀光客著迷的遊戲就是尋找風獅爺。

家鄉早期多風，有些村落在風口處都立有石獅子以辟風，也有一說是辟邪的。這些石獅子或立著或蹲著或仰天長嘯，高從不及兩尺到最高的一尊將近四公尺。表情有露著兩顆圓滾滾大眼睛的、張著大口的、小巧逗趣的、齜牙咧嘴的、威風凜凜的……。

全島到底有多少尊風獅爺，一說是六十幾尊，有的說是七十幾尊的，甚至還有說是一百多尊的，原因可能是近年來陸續新造了不少，像安歧那座泥塑的最高風獅爺也是。我上網粗略查了一下資料，大約有五十餘個村莊有風獅爺，其中有些村莊有兩尊風獅爺的，像瓊林、官澳，后水頭則有三尊，最多就屬陽宅，有四尊。以家鄉面積僅一百五十多平方公里，擁有如此眾多的風獅爺，是個特色。

日前，我曾於部落格對家鄉風獅爺做了簡單的介紹，其中有位經常往大陸旅遊的格友這樣的回應「這是金門的聰明處，中國多處都有風獅爺，但，想到風獅爺就想到金門。如同現今台灣的客家人，將桐花與客家族群畫上了等號一般；符號是一項很棒的記憶標記。」

今夏我返鄉短暫停留，除了探親訪友也看看古厝、碉堡及老樹。因行程匆匆，與石獅爺的相遇完全是隨緣的方式，走到哪有風獅爺可看，便順道觀賞。那天我在斗門觀賞數棵黃連木老樹，但村裡的一尊風獅爺卻失之交臂。后水頭有三尊，我車子繞了數圈卻只見一尊；呂厝有兩尊，我也只看到一尊；不過有些是無意中發現的，像何厝那一尊。

尋找東西是迷人的，難怪捉迷藏一直是孩子喜歡的遊戲。有的風獅爺就立在村口，很容易就找到了。有些則問了人，還是找不到；忽然轉身，風獅爺卻立在牆邊的角落，頗有「眾裡尋『牠』千百度，驀然回首，『風獅爺』卻在燈火闌珊處」的喜悅。有時車子已過村莊入口，眼睛的餘光像似看到風獅爺的身影，待掉頭回去，果然是尊石獅爺傲然挺立站在那兒，這又是另一番驚喜。

尋訪風獅爺的同時與鄉人互動、閒話家常令人感覺愉快。純樸的鄉親有的熱心的給你帶路。昔日與四弟到瓊林寫生，他曾帶我觀賞一嵌於牆上高不及兩尺的石獅子。那日在燠熱太陽下，我繞了幾處巷弄就是找不著；後來，幸有一位熱心長者的引導。在青嶼，詢問一婦人村裡石獅爺的位置，她手指著方向熱誠地說：「就在廟旁！就在廟旁！」觀賞回來，又在她家門口巧遇，又關切地問：「找著沒？」我們站在她家陰涼的門口埕短暫閒聊，晚風陣陣吹來，沁涼如水；屋前一爿田地除了搭有棚架種著絲瓜，田裡有蔥、青菜。心想，當她家廚房油鍋熱了，再出來菜圃摘一把青蔥都來得及，真是幸福人家！

有趣的是風獅爺也有公的母的之分，有一個葫蘆的就是公的喔！這是我在官澳村一對外形狀似孿生的風獅爺身上發現的。

那年，我們看戲

傍晚涼風習習，漫步在金門高中校園，校舍與往日唸書時已大相逕庭。但那白色牆面的禮堂，學生一直暱稱為「小白宮」，仍是學校的地標。

站在小白宮前，我凝視著她，往事掠過腦際嘴角露出一絲微笑。這倒不是想起學生時代什麼難忘回憶，時間要比這早得多。

大概是我唸小學這小白宮叫做「金門戲院」，是金門最古早的電影院之一。那時孩子看電影跟阿兵哥一樣可以買半票的，好像是兩塊半。但大家就是窮，要湊到兩塊半也不容易，那時光是五毛錢就可以買零食吃的。那些身高不需買票的孩子，就守候戲院門口，央求前來看電影的人帶他們進場；而需買票的孩子也有他們的方法進戲院。

戲院沒有冷氣空調，為使室內空氣對流，放映時兩旁大玻璃窗是開著。

因此，戲院在窗外架設鐵絲網防止有人潛入。

那時孩子沒有太強的對錯觀念，入夜電影放映時個個身手矯健得像訓練有素的兩棲蛙人，匍匐前進在院方架設的鐵絲網下，小心翼翼來到窗口。當探頭看了看，得知手持電筒的管理員不在近處便一個箭步跳進戲院，然後一溜煙消失在觀眾席裡。電影放映中常常聽到「碰！」、「碰！」一聲接一聲的聲響，有時此起彼落像似一大票天兵天將從天而降。

大部分電影是武打港片，于素秋、蕭芳芳、曹達華等人的武俠片。影片裏有掌風，掌風一出亂石崩雲，火光四射；也吊鋼絲，飛簷走壁。這些特技還挺新鮮神奇的，看在孩子眼裡樂不可支。

更早的時候，總兵署前有一座連屋頂也是鋼筋水泥的堅固戲臺，叫「中山台」。每回有勞軍團來表演，下午觀眾便陸續帶著長板凳、椅頭來佔位置。椅子一張張側著平放在地上，以繩索跟鄰旁別人的椅子緊緊捆綁在一塊，以防有人插入。

表演以康樂隊居多有時也演平劇。康樂隊以歌舞為主也穿插魔術、特技表演、相聲、雙簧。每回，當阿兵哥有機會上台與女歌手跳舞，現場氣氛就熱烈到不行，鼓掌、叫囂、吹口哨，喧囂著整個會場。

中山台有時也演電影，電影放映到一張白色大銀幕上。當風吹來，銀幕便隨著晃動。後來有人稱這是「露天電影」，其實那時電影都是這般在戶外放映的，大家習以為常，以為放映電影就應當在月光下的，不知道還有室內電影院。影星好像有林翠、李麗華、雷震、趙雷、葛蘭、葉楓……，對年輕影迷來說，這些名字已經很遙遠了！

那時大家都沒有電視、收音機，後來有些家庭才有那黑膠唱片留聲機；有些鄉親則唱南管娛樂。貞節牌坊下有家「茶桌仔」，除了提供客人泡茶聊天，有些長輩就在這裡撥弄琴弦、吹洞蕭、吟唱一番；以現代眼光來看這可是個小型樂團。人數通常四五人主唱者手持響板，吟唱到某一段落就拍打響板，其他人則吹拉不同樂器，有洞簫、琵琶、三弦、二弦。唱腔大抵高亢語調抑揚頓挫，有時拉長有時短促有如波湧迴旋又如巨濤拍岸。

但，那已是多年往事了，家鄉是否仍有此種絲竹管弦之樂？是否還有人能吟唱那南管？

東門王爺廟則有一個孩子的戲班子，由阿吃師領軍導演。每當吃過晚飯，王爺廟後的一處兩落大厝燈火通明，鑼鼓喧天地咚嗆咚嗆熱鬧起來。演戲的孩子背台詞、學身段、唱歌詞，隨著鑼鼓鎖吶、絲弦排戲。

排演的戲碼是「小霸王周通」，這原是水滸傳的故事。說「小霸王」周通在桃花山落草後，看上附近山莊劉太公的女兒頗具姿色，想強行迎娶作壓寨夫人。迎娶時，適值花和尚魯智深來莊投宿，魯便假扮新娘等著小霸王來迎娶，最後小霸王不敵魯智深只好取消婚事。

但這劇情做了些改編，劇中沒有花和尚魯智深，而將花和尚改成一位才貌雙全的年輕英雄。這英雄鼻樑間有粉紅色彩粧氣宇軒昂武藝高強，或許編劇想烘托英雄美人式浪漫。記得那年輕英雄假扮新娘與周通兩人的打鬥戲，不只武術架勢十足也逗趣好笑。

這戲受到一些村莊廟宇設醮酬神的熱烈邀請，最遠曾到家鄉另一頭的下湖村演出。

我的祖母與母親

說到「祖母」、「母親」這些字眼，很自然的一股暖流湧上心頭，就像冬日和煦的陽光讓我全身暖洋洋的。

記憶中，祖母高高的身軀，常穿著藍色衣褲裝，上衣是旗袍式衣領，右邊開襟，領口及襟上有同布料編結而成的別緻鈕扣。頭髮往後梳成一個髻，髻上常插朵金花或是昔日家鄉訂婚習俗贈送親友的簪花。額前常圍著一條深藍色頭巾，上頭別著一小翠玉。

祖母好像也曾裹腳過的，不過她的腳大小還適中，並不妨礙行走。記得有一位祖母輩的婆婆，裹的小腳長約十公分走路極為不便。

祖母極愛乾淨，自己的房間整理得整整齊齊，床褥一塵不染。房間喜愛裝飾，梳妝台上的整面牆懸掛著各地兒孫輩寄來的照片。有次，牆上窗戶的兩扇小木門油漆斑駁脫落，祖母找來穿泳裝的美女月曆貼在門板上。以為這樣就完成了，還沒！美女露出的肚臍肚皮，還是通不過祖母嚴苛的檢驗尺度；祖母又找來色紙，剪下兩片形狀與美女露出的腰身相仿的紙片貼在美女肚皮上。問祖母原因？祖母笑笑說：「穿衣服比較好看。」

每年農曆正月初九拜天公，家裡會準備一大籠的發糕來拜拜。發糕上紅紙剪成的八卦，都是出自祖母的巧手。祖母擅長剪紙，可剪出樣式繁多千變萬化的八卦。當時年紀小，沒能跟祖母多學一些或保存她的作品，頗為遺憾。

祖母臥房外有一處小空間，我們稱做「堂前後」。這裡有一木製洗臉盆架，架上可放置洗臉盆下有一抽屜。抽屜內，祖母擺了昔日縫紉用的纏線木軸子、銅板、彈珠、橡皮筋、銅鈴、木製小粿印、諸葛四郎及三國演義人物的「尪仔標」、錫製玩具、積木……等，這裡成了我們孩子的遊戲場。以現代的眼光來看，這可是祖母為孫輩安排的「遊戲角落」。

母親則對旗袍情有獨鍾，長年穿著旗袍。夏天有薄而涼爽的款式，冬天則是較厚的毛料。在台北那些年我住在新店中央新村，這裡原是老中央民代的社區。有一回，母親到巷口美容院洗頭，店裡的人看母親穿著高雅旗袍戴著金邊眼鏡，上下打量一番後，問她是否在立法院上班？這段故事，成了我們家閒話家常，揶揄母親的有趣話題。

童年是個物質匱乏的年代，學校教室嚴重不足，必須借用祠堂上課。當時家鄉駐防重兵，軍人買菜的早市設在清晨兩三點，父親也租了攤位擺攤做起生意來。母親白天忙著一家十幾口的三餐，洗一家大小的衣服，深夜有時仍可聽到母親的搓衣聲。但隔天一大早，母親仍須起床幫父親照應生意，但從未聽母親有任何怨言。

不曉得由於大環境使然，還是家裡運氣有夠「衰」。有一時間，父親的生意極為不順，賣菜，總抽不到理想的攤位，生意乏人問津、養豬，豬不肥、賣豆腐，比不上隔壁攤年輕貌美的「豆腐西施」受阿兵哥青睞、賣雞，碰上雞瘟連本都沒了……。真應了家鄉那句俗語「霉運當頭，靠著門，門板也應聲掉落！」就是面臨這樣困境，母親也從沒怨天尤人。

印象中，好像沒什麼事可難倒母親，昔日婦人應有的才幹，蒸糕、綁粽、煮食、縫紉、編織毛衣，母親樣樣精通。就是那些年父親小生意連連失敗，不得不「轉型」賣豆腐，這事仍難不倒她。

我不知是什麼信念支撐著母親，在那艱辛的歲月還能從容自在？是什麼信念讓母親樂觀生活，無視於橫逆？每當我遇到挫折不順利，一想到母親便豁然開朗，我知道我的困難不及母親的萬分之一。

粽子的回憶

端午節前，跟遠在家鄉的母親通了電話。另一頭的母親第一句話就問「你們吃粽子沒？有地方買粽子嗎？」還說，數日前才幫台北的弟弟寄了粽子。

往年，端午節母親都親自包粽子，寄給在台北的我及弟弟。母親包的粽子粒粒飽滿，餡料跟外面賣的粽子並沒太大的差別，有肉、香菇、栗子、蝦米及滷蛋等。但感覺油而不膩，軟硬適中就是好吃。尤其女兒，每回吃到奶奶寄來的粽子都讚不絕口，說「超好吃的！」當然，母親用心調製，掌握火候是個原因，還有那飄洋過海的粽子，多了一份濃濃的親情。

當母親寄來粽子我們總是先存放冷凍庫內，想吃就拿出幾個放入電鍋蒸，在端午節前後家裡經常是粽香飄溢。母親不僅僅寄粽子，還設想周到，同時寄來家鄉當令細嫩的角瓜及鮮美的魚丸，肉粽佐以清甜的角瓜魚丸湯真是絕配。

台北的鄰居張媽則每年送我們紅豆粽吃，她的紅豆粽形狀長長的，豆餡甜度恰好柔嫩好吃。我們也先放入冰箱後，等涼涼吃最是好吃。妻上班時會帶去與同事分享，同事讚賞有加頻頻叫好。每到端午時分，曾吃過紅豆粽的同事都不忘問妻說，張媽送了粽子沒？其意甚明。張媽原籍甘肅信奉回教，家裡經常整理得一塵不染。他家只吃牛肉不吃豬肉，牛肉則固定向和平東路一家肉販買。每年除夕承蒙張媽照顧，送來拿手的滷牛腱及各式滷味。

昔日，父親在世常談起海峽兩岸分治前，他在對岸廈門中山路吃過的肉粽有多大多好吃，讓我們聽得垂涎欲滴。那時兩岸仍處在「單打，雙不打」的情況，就是雙號停止砲擊，單號對岸打來內裝有宣傳單的砲彈。每到單號傍晚，鄉人個個緊張兮兮；若說鄉人的生命有如蜉蝣，朝不保夕，一點也不為過。因此，對於父親所提的廈門肉粽，只是聽聽而已！

沒有想到海峽兩岸也有和解的一日；出國前，曾隨家人前往廈門、泉州玩了一趟，並探訪嫁到廈門被分隔數十年從未謀面的阿姨。昔日，僅能隔著那片海域隱約可見的廈門緣意處處景觀可喜。雖經過中山路，可惜父親口中津津樂道的大肉粽無緣見著。

海外住家附近倒不愁買不到粽子吃，端午節前華人超市便推出迎合來自中港台各地華人口味的粽子。有台式的肉粽、上海的鹹肉粽、廣式的蛋黃粽、客家的粿粽，還有五穀雜糧粽。台式的粽子跟在台灣的形狀餡料差不多。上海鹹肉粽，其口感味道讓我想起台北住家附近賣油豆腐細粉及肉粽的小吃店來。往日，台北的冬夜，就在這小吃店，吃一客熱騰騰的燒肉粽。

在電話那頭的母親開玩笑地說「郵費那麼貴，否則幫你們寄粽子過去！」我們對著聽筒，彼此笑出聲來……。

母親的牽掛繫念是無遠弗屆的，不論你在天涯，海角……。

單車

童年，市面上並沒有太多的玩具可買，那時的玩耍大概可用一個「野」字來形容，其中包含兩層意思，一是「狂野」，另一則是「野外」。

所謂「狂野」，是玩耍的方式十足野性，當馬達三輪車自海邊載來蓋房子建防空洞的細沙，這一堆堆沙子便成了我們孩子騎馬打戰、摔跤比武的場地。「野外」是指在郊外、田野玩耍，溪流中捉小魚、樹上建樹屋。有時，還頗具創意的自做玩具，削一個陀螺玩或在竹竿頂端以細鋁線彎成小圓圈，塗上「捕蠅紙」的黏膠，拿著這竹竿捕捉相思林樹上的知了，很少知了可輕易逃過的。但，就在這時候，我們被一種嶄新的玩具單車給吸引住了，自此便與單車結緣。

那時家鄉擁有腳踏車者不多，有機車者更少，沒有人有私家驕車，馬路上只有軍用汽車。記得到鄰村阿兵哥的文康中心觀賞布袋戲，一夥孩子就站在馬路邊高舉著手，有些軍車就會停下來載我們。

當時，離家不遠的貞節牌坊旁有家腳踏車行，改裝了數款高度適合孩子的單車來出租。其中有一部銀色鋁製的寬骨架單車，我們孩子最為喜歡，暱稱為「白鐵仔」。常常你一塊錢，我五毛的湊成一小時的租金，租來「白鐵仔」一塊學著騎。有些個頭小的孩子，坐在墊上腳踩不到踏板，只好側著身子讓一腳穿過車架，踩著另一邊的踏板「站」著騎。初學腳踏車要下車是一大考驗，有煞了車急忙跳下來的，有騎到沙堆上讓車子倒下的，有隨著車摔下的。擦傷、破皮、流血是常有的，但孩子們不以為意，仍樂此不疲。

唸國中時，班上有些遠道的同學騎著單車來上學讓我好羨慕，腦中經常出現單車的影像。一回，有位剛自台灣學成返鄉的老師，下課前問我們有沒問題？還不怕踢館作風開明的說：「任何問題都可以問！」我的思緒剛剛自腳踏車的白日夢飄盪回來，順勢舉手問老師：「為什麼我們騎單車不會摔倒？」老師對這突如其來的無厘頭提問，感覺有些冒犯也不想回答我的問題。

真正與單車「形影不離」的，是多年後在家鄉上班。那時每天跟太太各自騎著單車上下班，遠道的同事則以機車代步。後來，島上開始有了私家轎車，同事朋友開始買車，但我們仍喜愛單車的節奏。

在台北的那些年，雖然家中有兩部單車，但生活中好像跟單車絕緣，是一段沒有單車的日子。一來單車跟不上大環境汽機車飛快奔馳的速度，再者在路上騎單車險象環生困難重重。家中的單車，只能在住家附近的河濱公園騎。

來溫哥華，對單車好像找回了舊愛。這裡有較完善的腳踏車道，城市的街道以數字命名，那陡峭聳立的高山是地理的北方。街道數字由北到南漸次增加，你可任意遨遊且可隨時找到自己的座標不至迷失方位。

剛到，除了充滿新奇更有一股急欲認識這城市的迫切感。經常騎著單車選不一樣的路線在這城市遊走，市區港灣及史丹利公園則是我常去的。港灣內停泊著各式的遊艇，船桅林立，不時有海鷗飛翔其間。公園面積廣袤，是一伸展入海中的半島型大公園，園內樹林茂密自然生態豐富。單車道則沿著海岸修建，當騎著單車，那往返溫哥華與阿拉斯加的豪華郵輪鳴著氣笛與你緩緩而行，那是個壯觀令人難忘的場景。

其實，單車最適合欣賞路邊風光了，一幢美麗的屋舍、幾棵路旁老樹、數盆牆邊花朵、一串別緻陽台風鈴……只要有迷人之處，皆可隨時停下車來觀賞及攝入鏡頭。

春聯

過年前在網路上閱覽新聞，國內有許多社區提供春聯給住戶，有的社區則幫居民寫春聯。網路上格友來部落格拜年，也附上美美的春聯圖。讓我感染了過年的氣氛，也回想起一些跟春聯有關的事來。

昔日，家裡每到過年，春聯都是由我們孩子來書寫張貼的。當時家鄉駐紮著數萬軍人，軍民相處融洽。記得我最常寫的春聯是這樣的，上聯「軍樂民樂人人樂」，下聯「花香酒香處處香」，橫披「軍民一家」。這是一對極具地方特色的春聯。更有趣的是軍中的碉堡、衛兵哨、砲台……。處處也張貼春聯，若還能收集到這些春聯文字，也是一種集體的共同記憶。那時家鄉的過年格外熱鬧，來自大陸各地的「阿兵哥」身懷絕技，將各自家鄉的民俗技藝，展現在過年的慶典活動中，使得島鄉的年節熱鬧非凡。

我這過年寫春聯貼春聯的習慣，一直延續到在台北工作。在台北的那些年，每當年夜飯後，便是一家大小寫春聯貼春聯的時刻。我最常寫的是通俗的「天增歲月人增壽」，「春滿乾坤福滿門」。橫幅則是「春回大地」或是「竹報平安」等。孩子也依樣畫葫蘆跟著寫「春」、「福」字，然後有模有樣的「倒」貼在自己的收藏盒上。在家鄉的住屋是四合院大厝，大門、房門都是方方正正的，好像是專為貼春聯而設計的，貼起春聯不但好看也好貼。在台北住的是公寓，門外又有防盜門，所以只能將就的貼著春聯。

來到北國的加拿大，每到聖誕節家家戶戶陽台、屋外懸掛著五顏六色的小燈泡以示慶祝，使得一片雪白大地增添不少暖意。因此，每年也入境隨俗跟著懸掛小燈泡，門上掛上花環，這是北國過年的特色。而寫春聯、貼春聯是我們過年的傳統，當家家戶戶貼著大紅的春聯，每條大街小巷過年的熱鬧氣氛就烘托出來了。有一回，我甚至突發奇想，我們的公寓為何不能設計成便於張貼春聯，讓這文化也能融入現代的生活中？

春聯，當然要會寫書法。在這資訊時代，用筆寫字的機會越來越少了。書寫，只要在電腦上敲敲鍵盤，然後送往印表機印，根本無須動手寫字，遑論需要花時間練習的書法。一次，看到一則日本學童書法比賽的圖片新聞；

在一處廣闊的禮堂內，數百位學童或蹲、或坐，或趴在地上，於白色的棉紙上寫著斗大的毛筆字，那場面的壯觀及學童的專注，令人動容。

我們過年若也能找一處大禮堂，邀請學童集體寫寫春聯，也是一項有意義的年節活動。而活動不在比高下，在彼此觀摩與分享。當活動獲得大眾普遍重視，受邀請的學童被社會視為一種榮譽便是成功的書法推展活動。前陣子，看到詩人洛夫先生以書法書寫自己現代詩的作品，也是一種書法尋求突破另闢蹊徑的做法；唯有將書法、寫春聯融入於生活中，這項文化資產才可長可久。

母親的年夜菜

又是寒冬歲末，又是農曆新年到了。雖然已多年沒在家鄉過年，但那兒時過年氣氛的迷人，卻是讓人無法忘懷的。印象中過年前幾天，家裡便開始清潔大掃除。然後買回有吉祥象徵或有吉利諧音的飾物或水果來擺飾，像有「旺來」諧音的鳳梨，擺放於大廳的八仙桌上；或是有「步步高升」含意，帶著長長葉子的甘蔗放於大門後。

過年有壓歲錢拿是孩子最高興的事了，除了這，對我來說大概就是觀賞那絡繹不絕的民俗表演，還有就是母親準備的年夜飯了。那時家鄉金門駐紮著為數眾多的阿兵哥，我們習慣這樣稱呼軍人。阿兵哥來自大陸各省，過年時，每一駐防部隊都參與民俗遊藝表演。因此，年節的遊藝項目網羅了各地特色，舞龍舞獅是一定有的，還有搖旱船、戲蚌精、踩高蹺、老背少……。從正月初一到初三，幾乎每天都有舞獅沿著小鎮的街上一路向店家拜年「咬」紅包。人群將窄窄的街路擠得水洩不通，鞭炮聲不絕於耳；孩子樂得一聽到鑼鼓聲響，便四處趕場看熱鬧。

說到母親的年夜菜，倒不是甚麼山珍海味，但過年時母親總不忘盡其所能張羅出豐富的菜餚。記憶中母親的年菜大概有幾樣：

冬粉炒肉絲：炒出油亮的粉絲，加上肉絲、蝦仁、香菇、豌豆絲、韭菜花切段，最後在上頭鋪上切絲的蛋皮。

紅燒肉芋頭：家鄉出產的芋頭別具風味，鬆綿好吃，鄉人稱之為「賓瓤芋」，芋頭與紅燒肉加上茴香及香菇燉煮，是道美味的佳餚。聽說家鄉自從開放觀光後，餐廳紛紛推出這佳餚招待賓客，儼然已成家鄉的代表菜色之一。

「燕菜」：這是我喜歡的一道菜，主要食材有筍絲、瘦肉絲、大白菜切絲、豌豆絲、香菇、金針菇、蝦皮、蛋絲等，是道簡易料理又好吃的佳餚。

紅燒魚：年夜飯家家菜餚上一定有魚，取其諧音「餘」，意為永不匱乏，年年有餘。母親通常買來「加臘魚」先經油炸過，然後與酸筍、蔥段一起煮並加勾芡，最後以辣椒提味，那種辣中帶酸的味道，讓人吃了還想再吃。

雞捲：以赤肉、青蔥、荸薺為內餡，並撒上胡椒粉，然後以豆皮包裹成類似春捲狀，再放入油鍋內炸熟，經切段便可上桌。值得一提的是家鄉常於雞捲的餐盤旁放些「菜頭酸」，這是一種將白蘿蔔切片，經拌鹽、拌糖及醋等經數次的揉搓擠出蘿蔔的苦汁醃製而成的類似泡菜。以「菜頭酸」配著雞捲吃真是絕配，且可減少吃食時的油膩。

湯：母親常料理的湯有兩種，一為荸薺湯另一為魚乾湯。荸薺湯以雞湯為湯底，加入拌上太白粉的肉片、蘑菇及荸薺，是一道清淡美味的好湯。魚乾湯主要食材有魚乾、油豆腐條及肉，是家鄉傳統的一道湯。

以上是記憶所及母親經常料理的部分年夜菜。母親通常也會炸些蝦炸、魚炸、海蚵炸及以高麗菜、胡蘿蔔混在一塊的蔬菜炸。猶記昔日農曆除夕，母親在廚房忙著準備菜餚。我們孩子則抬著木梯子幫忙在四合院各處的門上貼春聯。當肚子餓了就跑進廚房，抓起幾個魚炸或蝦炸往嘴裡送。而廚房大灶內的火，一直旺旺地燃燒著，有時也丟入幾個地瓜烤著吃。

時光匆匆，數十載轉眼間過去，但母親滿是愛心的年夜飯菜色，我仍然依稀記得。

海邊碉堡

家鄉雖然四面環海，但童年時我們幾乎是與海邊絕緣的。在兩岸對峙的那些時日，海邊一般人是無法進出的。漁民捕魚、蚵民採蚵有「下海證」。那時能夠協助漂浮的物品都被管制的，學校的籃球排球也在管制之列。記得學校體育組的球類，是放在一個以鋼筋焊接的鏤空大「鐵箱」裏，然後，以鎖牢牢鎖住的。

金門海邊有著特殊的景觀，重要的據點設有碉堡，碉堡外則佈有地雷、障礙物、軌條砦、瓊麻、鐵蒺藜等防禦工事。近年來不斷的進行掃雷，大部分雷區已清除乾淨；目前掃雷工作仍在持續進行中。

雖然海風陣陣，但炙熱陽光仍然令人難忍。那日，當我來到水頭附近一座矗立於巖石小丘上的碉堡前，那固若金湯的氣勢，令人敬畏。碉堡居高臨下，頗有一夫當關，萬夫莫敵之勢。遠方是來來往往於金門、廈門間的小三通船隻。附近則有數人站立於岩石上悠閒地垂釣。

往慈湖的路上，望向對岸廈門環島公路，高樓一棟比一棟高；夜晚燈火通明，與昔日入夜兩岸燈火管制一片漆黑，不可同日而語。

沿著古寧頭的海邊，碉堡一座比一座雄偉壯觀，到后沙，隴口附近，這裏位居全島地形的腰部；若讓敵方侵入便可輕易地將島嶼腰斬成兩半。因此，防禦工事更是無懈可擊，眼前的碉堡碩大無比，擁有六、七個交叉砲口，叫敵人不敢越雷池一步。海岸則佈建三層反登陸的軌條砦，一根根斜插向著天空。覆滿著瓊麻、鐵蒺藜的碉堡及無限延伸的軌條砦，顯示著昔日寸土必爭的決心。經呂厝、洋山、馬山，碉堡一個緊接著一個，火力彼此交叉支援形成犄角，構成銅牆鐵壁的海上長城。

來到馬山，這裡曾是昔日心戰喊話的據點，距離對岸的大嶝、小嶝、角嶼等島嶼大約數千公尺。遠方的水域，泉州與金門水頭的渡輪正緩緩而過；對岸的捕漁船、砂石船，散佈羅列於海上。

夕陽西下，碉堡向晚。看著近處的礁岩，海浪一波波的湧上又退下，退下又湧上；昔日多少事，多付浪濤中！

記憶地圖

懸線的小丑布偶懸掛在牆角的落地燈桿上，柔和的燈光投射在布偶臉上。那滑稽、討喜的表情，讓人看了開心。

幾天前客廳添置了一個櫃子，因此將原有的家具重新調整安排，也順便整理一些櫃內的東西。電視櫃內有幾個紙箱，箱內一包包妥當包紮的物品，從台北帶來後一直放著。每打開一包，都讓我驚歎不已！包包都藏著驚奇與回憶，打開的剎那，一件件敘述著一個故事。

墨綠色的鴨子造型，有個像盤子的鴨身，是妻手捏的陶藝品。褐色的小小吉他陶藝，是女兒幼稚園的作品。一個翠綠與白色相間的陶藝小狗是我手捏的。

一只鋁製巴黎鐵塔是友人送的。錫製的尿尿小童、一雙小木屐、費城的自由鐘模型，是全家出遊買的紀念品。附有鐵軌的樂高火車組，用薄木片做成的數架飛機及飛行物。數組熊熊家族，熊熊家族穿著可愛的條紋衣服，坐在課桌椅上、騎著木馬、划著船，可愛極了。

當初，打包行李來溫哥華本想將這些玩具送人的。但妻卻有不同的看法，她認為這些玩具是孩子珍貴的回憶，行李再多也要帶著。更誇張的是還帶來一包孩子幼時的衣物，兒子的是一件有吊帶的工作服裝，胸前有隻可愛小公雞。女兒是綠底白點的吊帶工作服。兩雙女兒曾穿過長約十公分的小鞋，一雙白底黑色滾邊，一雙淺藍色附有長統棉襪，這些鞋子原擺放在台北客廳的玻璃櫃內。

還有兒子女兒各有一張小時候的畫，時間大約是他們唸幼稚園或是剛唸小學。兒子的畫是身穿鎧甲的武將騎著馬手執長槍，背部插著五面小旗。頭上還有兩根長長的雉雞翎，帶領著一夥拿著盾牌兵器的士兵。兒子小時候特別喜愛平劇，常將自己五花大綁一番。有時一面看著電視的平劇節目，一面在床上模仿演員的身段。不知道這畫是否跟看平劇有關？清楚記得這畫是在農曆除夕夜吃完年夜飯畫的。孩子小的時候，每回除夕夜家裡都會安排剪剪窗花、寫寫春聯或是畫畫，然後將這些作品拿來佈置，讓家裏有過年的氣氛。

女兒的這張小畫滿有趣的，一天晚上我正聚精會神忙自己的事；忽然，聽到小女兒驚喜的說：「找到了！」我抬頭一望，看著她正拿著一張小紙片，上頭有她畫的一幅小圖。有城門、城堞、士兵，旗幟迎風飄揚，國王正駕車出巡。畫風有樂高的味道，極為可愛！

另一個紙箱是數個印有名畫的瓷盤，塞尚的水果靜物、雷諾瓦的彈鋼琴少女……。這些是參觀歷史博物館、故宮名畫展時買的紀念品。兩只竹編謝籃，編工細膩，是屏東美濃的工藝品。

一個木製魚身懸吊著數個銀白色小鋼管的風鈴，是拜訪Sarah家，在緬因州一處觀光碼頭買的。那回，在一個小島上Sarah家的度假木屋消磨了一星期，划獨木舟、駕遊艇。清晨，那夾雜著隆隆馬達聲出航的捕龍蝦船，一艘艘魚貫經過屋前水道，至今仍印象深刻。

這些玩具、紀念品，一個個串起了結婚後，有了小孩的一張生活大網。從那一刻起，日子就在孩子與上班間擺盪。日子雖是忙碌的，但總覺得自己是年輕的。時間像似一直停滯在盛年似的，光陰像用之不竭取之不盡。及孩子大了，自己較有多餘的空閒，才驚覺時光的飛逝，自己早已跨越不惑之年久矣！

有人用文字記錄生活，有人用相機寫日記，有人以部落格寫心情。這些孩子童年的玩具、出遊的紀念品，竟意外成了我們與孩子間共同的生活記憶。

打開另一個小紙箱，裡頭有兩個懸線的小丑布偶。我順手將之懸掛於牆角的落地燈桿上。柔和的燈光照在布偶上，這樣擺放一如台北的家。看著布偶我又陷入長長的沉思中……。

隨想四則

月曆

銀行送了一份月曆，裡頭有十二張動物圖畫，這些圖畫是出自小朋友的手，內容有黑熊、綠頭鴨、松鼠、鱒魚、臭鼬……，都是加拿大常見的動物。稚拙的筆觸、豐富的色彩，將動物描繪得維肖維妙，讓人愛不釋手。

金門是候鳥南遷必經之地，每年十一月至翌年三月是候鳥飛來停留的時節，一群群的鸕鶿、雁鴨群集。還有別處沒有或少見的栗喉蜂鳥、戴勝等。水中生物有稀有的水獺、鱟；以及珍貴的蝴蝶如玉帶鳳蝶、紫斑蝶等。

如此豐富的生態資源，若能透過學童的巧手慧眼將這些生物入畫，每年製作一份有特色的觀光月曆。

或經由學童畫我家鄉，選出具有家鄉閩南建築特色的作品，製成一冊精緻筆記本。或者邀請在地藝術工作者，每人提供一幅畫或一件作品製成一套觀光明信片。

一間小博物館

加拿大的歷史很短，一百年多年甚至幾十年前的文物古蹟便很珍惜了。這間位於一處觀光街上，距離海濱不遠的小博物館，是棟小巧可愛的兩層木造房子，館旁立有一面鐫刻著1890-1990的建鎮百年紀念碑。一進門陳列了早期小鎮居民的用具，有老式的打字機、織漁網的用具、茶壺、瓷盤、煤油燈及昔日的餅乾鐵盒子等。二樓有一間臥房，保留當時生活的格局，還放置一台舊日的嬰兒車。一間小客廳牆上懸掛幾張早期小鎮農漁業面貌的照片，有農場、漁民住所、還有鎮上的小火車等。有兩張是日裔加拿大漁民的集會活動，可知日人很早就來到這裡。海邊則保留了昔日的漁船船塢、魚罐頭加工廠等。

這小博物館使我想起往日參與金門民俗村布置的一段往事，當時負責生產館的規劃布置。就在我們走遍各村莊尋訪收購先民的生產工具時，原來棄置路旁的石臼、石磨，就有村民出面指稱是這些器物的擁有者。不管是出於何種動機，這一尋訪收購讓鄉親對先人器物有了相當程度的重視。記得比較精彩的收購物有湖下村的一座麻油榨油機，另一件是榜林村購得的織布機。這兩件生產工具仍可實際運作，透過這些機件可領略先人的智慧及巧思。那時織布機的主人是一位八十幾歲的婆婆，偶而還用這織布機織布，沒能及時錄下主人實際織布的過程，殊為可惜。有次返鄉再訪山后的民俗村，卻遍找不到生產館，不知是何原因？

開放參觀日

社區有兩天的開放參觀日，這兩天社區裡所有的美術館、博物館、文物古蹟全部開放讓市民免費參觀。其中比較特別的是社區裡的一些畫家的畫室也開放供人參觀。居民可利用這機會參觀畫家的畫及畫室，跟畫家交流。畫家也將他們的畫加予標價，讓參觀者選購。曾去參觀幾處畫室，有的是畫了數十年的畫家，在畫壇已建立聲譽、有的是家庭主婦兼業餘畫家、有的除了畫畫也兼捏些有趣的動物陶藝品，雖然畫齡有深淺，但對藝術的熱愛是一樣的。

這活動的可貴處是大夥可親近感染那份藝術氛圍。

奔牛節

每回看到電視上報導西班牙奔牛節，讓人既緊張又刺激。那些實際參與奔牛節的遊客穿著當地傳統服裝圍著紅色領巾在狹隘的巷道裡，被狂牛追趕得血脈賁張情緒高亢。台南鹽水的蜂炮有同樣的效果，當萬炮齊發，煙硝瀰漫火光四射時，遊客如醉如狂，雖具危險，但遊客樂此不疲。

近幾年平溪的天燈、台東的炸寒單、恆春搶孤漸漸建立起聲譽。家鄉農曆四月十二日迎城隍是否也可加予包裝行銷，成為明顯的觀光標誌？

當城隍爺出巡的日子，各地前來隨香的信眾跟在城隍爺神轎後頭，將窄窄的莒光路、中興路擠得水洩不通。人人高擎著一束香，將空氣燻燒得煙霧繚繞氣氛張力十足。後浦街道跟西班牙奔牛節窄窄街巷有雷同之處，同樣能凝聚那股熱烈高昂的氣氛。當四門城頭來的神輿在廟埕強力的翻擺、搖滾、打轉，是強悍的。而穿著紅色繡金圍兜的乩童，將長針刺穿嘴頰，一面猛搖著頭一面將鐵劍不停揮舞拍打著裸露背部露出斑斑血跡，是驚悚的。走路搖搖晃晃的七爺八爺，令人不寒而慄。而高聳大纛，由一人掌旗，掌旗者咬緊牙根步伐沉重堅定，另兩人於側面來回牽引著繫於旗桿頂端的拉繩使大旗平衡，當三人合力撐著大旗不讓傾倒，是緊張有看頭的。此外各種陣頭，宋江陣、鼓吹陣、南管陣、蜈蚣座、踩高蹺、醒獅團等。豐富多樣的慶典內容，與其他地區的觀光節慶相較，並不遑多讓。

當家鄉的旅遊有內容、有特色，來訪的客人，來了就會想再來。

繪畫之戀

六月底回到金門，隔日，四弟便迫不及待約外出寫生。當天三弟預定赴台，無法參與，否則寫生的陣容就加更熱鬧。返鄉前，知道三弟四弟必有戶外寫生之邀，特帶回寫生本子畫具等。這些年，他們不避寒冬酷暑，足跡踏遍家鄉每處村落、樹林、山巔、水涯，畫下記錄了故鄉每處景致。

那天，天氣燠熱無比，與四弟來到瓊林，昔日這村莊人才輩出，以中舉人進士享譽全島。我們帶著畫具水壺，穿梭於村落的小巷中，不時用數位相機拍下喜歡的角落。最後，總算在一陰涼的巷道找到我們要的景物。

接連兩個午後在村莊寫生，強烈的陽光，使得巷弄建物明暗反差格外清晰，馬背、屋脊、老樹、電線桿錯落搭配叫人著迷。

路上行人稀少，兩天來碰到同一村人，輕裝便鞋到廟口泡茶聊天。第二天回程，他終於耐不住好奇，走到我們背後看了看說：

「讚喔！你們住哪邊？」

「後浦」我答說，接著閒聊起來，我問說：

「瓊林祠堂頗多，鄉賢輩出，舉人進士匾一堆，這與你們吃海蚵有關係嗎？」

「這也不盡然，金門沿海產蚵的村莊也不少啊！」

接著說，他們某一房的幾世祖取得功名前，挑著水肥幹活也手握書卷勤讀不輟。謙虛的將前人的成就歸究於勤奮而已。

早年，家鄉觀音亭旁有一賣水果香菸攤販，也賣一種孩子喜歡的白雪公主泡泡糖。一個小紙盒裝著一顆口香糖，並附一張繪著三國誌人物的尪仔標，反面則有人物的介紹。每一張尪仔標有一個號碼，從一號到一百號，共有一百張。廠家宣稱集滿所有尪仔標可獲大獎，因此，孩子有零用錢便來買口香糖，也互相交換手中沒有的尪仔標。不過，這一百張尪仔標其中幾個號碼從來沒有人見過。

那時我並不在意能不能中獎，倒是深深被尪仔標的人物裝扮所吸引。關羽、孫權、劉備、趙子龍、呂蒙、黃忠、張飛……。一張張拿來臨摹描繪，全然陶醉在畫畫及三國演義的故事情節中。

尪仔標只是引導我喜歡畫畫的一個誘因。記得小學中學的美術課，是我的最愛。其間受到莊聰榮、蔡繼堯老師的啟蒙引導使我獲益匪淺。莊聰榮校長也是我的姨丈，他栩栩如生的水彩玫瑰至今仍讓我印象深刻。繼堯師教課生動充實，舉凡美術史、色彩理論、繪畫技巧，都一一介紹，這在金門的美術教育算是頭一遭。那時剛接觸到康定斯基的橫直線條，米羅的特有符號，頗為新奇。有一時間，我以幾何圖形，攙入原住民的圖案完成數張作品，頗得繼堯師讚賞。

有一年，到巴黎旅遊，一償我參訪羅浮宮的夙願。行程中有一天是自由行，巴黎的友人問我，想去什麼地方？我不假思索地回說：「蒙馬特」。這是巴黎近郊的一處山丘孕育著無數畫家。十九世紀末到二十世，印象派及許多畫家都經常出入這裡，擅畫芭蕾舞孃的竇加、筆觸捲曲像火一般燃燒的梵谷、創作大量石版畫的羅特列克以及畢卡索等人都住過蒙馬特。蒙馬特窄窄的街巷有紀念品商店、咖啡座、街頭畫家。街巷盡頭的山丘上以白色石材建成的「聖心堂」，從這裡可俯瞰巴黎。

那天當我們離開瓊林，又開車到幾處村莊瀏覽，尋覓往後數日的畫畫目標。雖然我不是專業畫者，但繪畫於我就像一杯香醇的烏龍或卡布奇諾咖啡般令人沉醉、迷戀！

院子有棵樹

溫哥華這時節樹葉色彩迷人，一叢叢不同顏色的樹林，豔紅、棕紅、駱紅、駱黃、淺黃、黃綠、綠、墨綠間雜在一起，渲染著深深的秋意。樹上的葉子隨著風爭先恐後飄落，又似為兌現某些承諾，於離開枝椏前盡情璀璨豔麗來彩妝大地。

初來，妻看著家家戶戶院子種著花草樹木，甚至有些人家還有蘋果樹。因此，也從苗圃買回一棵蘋果兩棵藍莓來種。有次隔壁鄰居看我們幫蘋果樹澆水，建議應多種一棵，如此才能傳播花粉開花結果。聽了這話，冷卻我們不少興頭，怎麼沒想到這事？想著只好來年再種一株。沒想到隔年，單單這棵蘋果樹卻也開了花結了果實來，讓我們極為驚訝。後來，聽人說只要附近有蘋果樹就有可能授粉，而住家附近的公園是有蘋果樹的。

暑假自台灣回來，家裡的蘋果樹已結實纍纍。妻出門前還擔心沒再施肥，蘋果是否能像去年一樣的豐收？當看到果樹上結滿果實讓我們喜出望外。

記得小時候，看到別人家屋旁有棵大樹夏天可在樹蔭下納涼嬉戲，頗為羨慕，總盼望住家也能有一棵樹。但位於舊市區的住家，房舍是擁擠的，房子緊捱著房子，屋舍四周很難找到一棵綠樹。

慶幸的是住家鄰旁的大厝早前當做當鋪的，屋前有個大院子。房子兩旁有著兩個大「護龍」，大門入口的圍牆邊各有一座兩層樓高的槍仔樓，牆上鑿有射口，防範早期來自海上搶匪的入侵。這大院子，種有一棵龍眼樹、一棵玉蘭花，牆邊則是一棵石榴樹大半枝幹伸出牆外。每到石榴結果的季節，孩子常會在牆外拿著石頭扔向石榴，然後撿拾掉落在地上的石榴吃。而當玉蘭花開的晚上，暗香浮動，於空氣中瀰漫飄盪開來，讓人陶醉。

一回，自台北返鄉，發現這當鋪古厝不見了。代之而起的是一大幢鋼筋水泥數層樓高的龐然建物，給屋前的馬路及周圍環境造成極大壓迫感。想到這閩南式的大厝不見了，龍眼、石榴、玉蘭等老樹不見了，著實令人感傷良久。

記得住台北時，曾在住家頂樓安置了一處小花園栽種了不少花花草草。那時，一位朋友送來兩盆大榕樹，每樹高約六尺，這稍稍滿足我那院子有棵樹的願望。有一年，有白頭翁飛來其中一棵榕樹築巢，生了蛋並將蛋孵出兩隻小雛鳥來。我們隔著玻璃窗看著母鳥孵蛋、找尋食物餵食小鳥、教小鳥學飛。有一回用花盆種了一棵木瓜樹，後來竟長出一顆二十多公分的木瓜來，讓全家樂不可支。不但拍照存證，還煞有介事的將木瓜平分一起享用。

雅舍小品的主人曾說「北平的人家差不多家家都有幾棵相當大的樹。前院一棵大槐樹是很平常的，槐蔭滿庭，槐影臨窗，到了六七月間槐黃滿樹，使得家像一個家。」這種畫面正是我喜歡的住家院子景致。

搭「開口笑」的日子

一個夏日的午後，陣陣海風迎面吹拂著，減輕了不少熾熱的暑氣。泊靠在碼頭的船隻隨著波浪微微起伏晃動，空氣飄散著鹹鹹的海水味。碼頭上，數條人龍迤邐展開得好長好長，等候著參觀拉法葉軍艦及潛艇。隨行的女兒猛按相機快門，對她來說，這可是新鮮的經驗，這裡是高雄的光榮碼頭。

身旁的朋友告訴我，這光榮碼頭以前叫做「十三號碼頭」。「十三號碼頭！」我不敢置信的轉頭反問友人：「這裡是以前的十三號碼頭？」

「是的，沒錯！」友人肯定的回答

仔細的瀏覽碼頭四周，陷入遙遠的回憶。從碼頭內的鐵軌、碼頭斜斜的特殊地形、靠馬路旁的崗哨……我慢慢看出些端倪，眼前出現的一個個景物，漸漸印證了昔日的記憶。沒錯！這是十三號碼頭，以前「跑」金門的碼頭！

我是不會忘記這碼頭的，多少個悶熱的夜晚，多少個寒風徹骨的冬夜，佇立在碼頭外焦慮的等候搭船！在兩岸對峙的那些歲月，這裡是台灣後方對家鄉金門前線，兵員、戰備物資的補給以及鄉親來往台金的碼頭。當時隔著馬路的對街只有幾家燈火幽微的水果、小吃店。像巨人般的漢神百貨，還來不及矗立岸邊，俯視著整個港灣。

昔日搭船都無法知道開船的確切日期，這是機密。當得知某一天有船，需在某一時間報到，鄉親便紛紛自台灣各地來到這碼頭外等候。等各項補給物資運送上船安置妥當後，衛兵哨開始檢驗旅客的身份證件及金馬地區出入許可證，然後才一一放行。

家鄉的對口碼頭是新頭，這是一處有白色沙灘的美麗港灣。由於船的進出需考慮潮汐，旅客等候上下船一樣耗費時間。

船是軍方的登陸艦，船頭有一大塊厚重堅實的鋼板。當船艦搶灘時，這鋼板可打開平放沙灘上，軍用卡車可方便將人員物資送進送出。搭乘這船艦可不好受的，充員兵及來往台金的鄉親都戲稱為「開口笑」。

「開口笑」的船艙光線昏暗，加上震耳欲聾的引擎聲、刺鼻的機油味、嘔吐的酸臭味，空氣令人窒息。艙內沒有任何可供躺臥的地方，人人得準備一塊塑膠布鋪在艙內，大夥就這樣橫七豎八蜷曲著身子躺在塑膠布上。一趟台金行程，說是十八小時但通常得花上更多小時。

當時鹽埕區大新百貨是高雄有手扶電梯的百貨公司，很多南部人到高雄玩必遊的景點。這些鄉親遠來到大新，主要想親身體驗搭乘那手扶電梯的感覺。

其後，大統百貨取代大新成了高雄的新地標。當時，大統的附近是一堆低矮的商店。朋友告訴我，目前充斥著日本流行風，甚受青少年喜歡的新堀江商圈，便是當年大統百貨座落的地方。

難予置信的是這捷運紅線「中央公園」站，附近的高雄文學館以及沿著公園邊的時間光廊、咖啡座、戶外演奏……，入夜後，燈光閃爍耀眼；很難想像這集人文、流行、時尚的商圈及清爽宜人的大公園，竟是昔時所認識的大統百貨周邊。

候船常去五福路上住宿的國軍英雄館，原是兩層樓房現已改成大廈。當時位於市政府（現改為歷史博物館）附近有一排娼寮，房子低低矮矮的，是些簡陋的違章建築。當夜幕低垂，娼寮中一片粉紅色氛圍，鶯鶯燕燕穿著開叉高及大腿的旗袍及薄如蟬翼的衣裳。三三兩兩站在自家店前，頻頻招呼路過的客人：「人客，來坐啦！」遇著戴眼鏡者，呼叫著：「目鏡仔，來啦！」或是用挑逗的眼神手勢招呼路人。戴帽子的阿兵哥或戴眼鏡者常一不留神，帽子眼鏡就被趁機拿走，只好被迫跟著進店「坐坐！」

這回有一晚，沿著愛河散步，跨河的數座橋樑以霓虹燈裝飾得絢麗燦爛，河中載著遊客的遊艇來回穿梭著。高雄正以不同面貌示人，愛河也不再是以往惡臭的大水溝。而那搭「開口笑」的日子，早已隨著時光遠颺！

花生與地瓜的回憶

去年夏天回到家鄉與一群老朋友見面，老同學麗娟又帶禮物送我，我堅持不要，每次見面她與夫婿都要送酒或甚麼的。隨後麗娟笑笑地說：「你先打開看看，若不喜歡，我可帶走。」一副神秘的樣子，真的想不出會是甚麼禮物。當打開一看是一只塑膠罐，裡頭裝著一粒粒飽滿帶殼的家鄉花生。這份完全意料之外的家鄉土產，令我興奮莫名！

我已有一段時間沒吃這花生了，除了感謝麗娟的用心，也勾起我兒時回憶。家鄉稱花生為土豆與大陸北方人稱馬鈴薯為土豆是不一樣的。對花生的料理也簡單，通常是將帶殼花生放入清水中煮熟並撒些食鹽便算完成；然後，經數日在大太陽底下曝晒，直到那花生仁又乾又硬。雖然做法簡單，但那可是別有風味的花生，吃食時有嚼勁及香味且不易膩，讓人忍不住一顆接一顆剝著吃。

在那窮困的年代，土豆與地瓜曾是家鄉重要農作物。那時稻米得來不易，吃乾飯是奢侈的，通常鄉人三餐是煮稀飯加地瓜或地瓜簽吃的。佐以稀飯的常是自家醃製的醬瓜及一大把帶殼花生而已。在目前豐衣足食的環境，認為地瓜稀飯是一道對健康有益的美食，但在以往可是寒酸的。那時地瓜與花生不但是日常生活的主食也是孩子的零食，昔日的玩伴經常口袋裝滿了花生來與大夥分享。而與玩伴於田野間，撿拾土塊、乾樹枝、蓋土窯、燒烤地瓜吃，是兒時常有的戶外活動。

猶記得小時候母親以地瓜做的零食就有好幾樣，有一種將地瓜切片裹以麵粉在油鍋炸的；那金黃的麵皮酥脆可口，鬆軟的地瓜則香甜好吃。有時較為簡便只在鍋內放入少許油，然後將地瓜片放上去煎的。還有一種挑選較小的地瓜蒸煮至出了濃稠甜汁來的，那又是另一種令人垂涎的口味。這些地瓜零食，至今仍然讓我回味無窮！

近年來，由於地瓜富含纖維質有抗癌的功效，成為熱門流行的食物。溫哥華地區也不例外，幾乎每一超市都有地瓜出售，一種來自夏威夷的紫心地瓜最為好吃。這種地瓜吃起來頗像家鄉很「鬆」的那種芋頭。妻也喜歡地瓜，一開始先以蒸的方式煮食，但感覺水分過多口感不佳。後來，在超市買地瓜時常遇到同好，經彼此交流烹煮方式。最後得到簡便又好吃的料理方法：將地瓜洗淨後以微波爐分數次微波至熟透，即可得香甜美味而水分適中的地瓜。

花生與地瓜是容易種植的農作物不但耐旱而且不挑土壤，幾乎在任何惡劣環境下都可生長。想不到昔日那物質匱乏的年代，貧瘠的家鄉大地，還有這兩種美好的食物可供食用，真可說是上天的恩典。

釣魚與單車

回故鄉那幾天的早晨，有時薄薄晨霧籠罩，給清晨增添了柔和的景致。我習慣太陽沒出來前空氣還涼爽時，便外出走走。一早，經莒光湖畔，見有人垂釣好奇趨前觀看，沒想到釣者竟是昔日同學。彼此寒暄一番後，老同學招呼我帶走他的魚獲——數條十來公分長，魚身銀白發亮的魚獲，我感謝婉拒。沿著湖邊，陸續又碰到釣者四、五人，每遇垂釣者皆走近觀望，碰到有意閒聊者便停下腳步，跟著談釣魚經。連續幾個早晨，每回順著湖畔走都碰到我的同學及這些垂釣者，我想這些釣者深知個中三昧釣出趣味來了。可以說，他們是有福之人，一大早享受著一潭寧靜的湖水，這不僅僅是釣魚而已。

有時，我習慣往夏墅路上快步走路。路上，碰到一些喜歡早起散步的人，有一些人則是騎著自行車運動的。有時我往海濱公園走，面向著金廈海峽獨坐在岸邊的花崗石上。此刻，四周靜寂，只聽見那風聲及海水拍岸的聲響。當抬頭遠眺，昔日只見山頭的大陸對岸，已矗立著一排高樓。

離開家鄉，來到南台灣的高雄仍四處遊覽。博愛路是高雄最熱鬧的商業區段之一，這裡有寬闊的人行道。人行道設有單車道，沿途並有幾處自行車及小摺出租站。每當傍晚時分，騎單車的人絡繹於途，有上下班以單車代步者、有三五成群的年輕人、有家庭成員的車隊。不只高雄市區，市郊騎單車的人也隨處可見。西子灣、柴山坡道上，一群群裝備齊全、穿著緊身衣褲的年輕人，正奮力踩著腳踏板為自己儲備腳力。

一個艷陽高照的日子，當我經過愛河邊，看到沿著河畔數十公尺長都有人站著或坐著，經仔細一看，喔！原來他們在釣魚呀！先前於西子灣海邊的礁岩上、堤防邊，也曾見過許多釣者。愛河畔這般熱鬧的釣魚場景我還是第一次見到。心中想著，莫非單車與釣魚，正是這時候最夯的活動？

家鄉這幾年舉辦馬拉松比賽、金廈泳渡等，不斷深耕觀光資源。以家鄉的條件，一個設計完善與各個重要景點銜接的環島單車專屬車道及幾處理想的垂釣場是有其條件的。

當家鄉累積的觀光內容越豐富，來訪的遊客就越多。

希望有那麼一天，遊客專程來家鄉賞鳥、專程來瞻仰雄偉的碉堡、來參觀閩南民居、來品嚐一口金門美酒……，甚至，來體驗享受規劃完善的環島單車道及垂釣之樂。

輯二

作者「雪人飛越穹蒼系列」陶板畫局部

寂靜的夜

家的四周白天是安靜的，望向窗口，難得看到一個人影經過，常讓人有遺世獨立之感。入夜，更是寂靜無聲，偶而只有那寥寥的車聲。

但我卻喜歡這般寂靜的深夜，一個人富足得像擁有全世界，享受著那份深邃的寧靜。通常，我會打開電視的音樂頻道，讓音樂不停流瀉翻轉於室內每個角落。靜靜的夜裡，聆聽著那美美的音樂，有時像小溪湍急，波湧激盪；有時又像大河浩浩，水流緩緩。偶而被那優美的節奏，行雲流水般的旋律吸引，除驚歎如此美麗的樂音外，往往順手按下遙控器，讓螢幕顯示樂曲名稱，以便得知是那首動聽的曲子如此讓我著迷、陶醉？

哦！這支憂傷的曲子「她從我的生命中離開」（She's out of my life），是月光氣氛交響樂團演奏的；其他樂團的「我實在愛著你」（I honestly love you）、「音樂盒舞者」（Music box dancer），……支支動聽悅耳。有時聽到熟悉的曲子，像理查．克萊德門彈奏的鋼琴曲「四季」、「夢中的婚禮」。間或有一些昔日曾在台北聽過、耳熟能詳的曲子，勾起我一些回憶；回憶有時讓我快樂，有時使我感傷。

內人鍾情於旋律優美的西洋老歌，我則喜歡一些較為舒緩、慵懶的爵士樂，那種感覺像是人累了，張開雙手伸個懶腰；或是停下腳步，啜飲一口水果花茶般的讓人放鬆。往往聽了一整夜歌曲，入睡前還捨不得關掉那迷人的音樂。

戶外往往是清冷的，氣溫大約零度左右。整齊的屋舍，成排的電線桿，裸露著枝椏的行道樹，不見行人的街巷，在路燈的照射下，構成一幅陰冷單純的超現實畫面。

落雪時，大地更靜了，無聲無息的，但人的心情卻是雀躍浪漫的。看著片片如鵝毛的雪花飄落，一顆被天候冰凍多時的心，也跟著飛揚起舞。

當然，也少不了那冷雨輕輕敲窗的寒夜，冬季是溫哥華的雨季，下雨是常有的。通常，雨都不大，路人很少撐傘，習慣將連在外套上的兜帽罩著頭遮雨。還未曾見過像台北夏日午後，那種夾雜著雷聲的傾盆大雨。

房間的暖氣，流轉的音樂使我溫暖。正在燈下專注忙碌的我，有時甚至忘了戶外的酷寒。

在這些冷冽沉靜的夜裡，有時東摸西摸的、有時看看新聞、有時跟家人閒話家常。有時就著一盞孤燈，閱讀、書寫、或記單字，重整自年少時學習的英文。

音樂頻道不時傳來婉轉悅耳的樂曲，時而純樸清澄，時而浮華豔麗，讓我完全沒有孤獨寂寥之感。在這冷峭沉寂的夜裡，常於保溫杯內，沖泡一壺熱茶。自己常竊笑自己，是個十足容易滿足的人，只要一本書、一壺茶、一首歌、一個寧靜的夜，便快樂得不得了。

這幾天，早晚大霧瀰漫，能見度僅及五十公尺左右。好奇的拉開窗簾望向窗外的夜色，大地已在沉睡中。那被濃霧籠罩的路燈露出一圈黃澄澄的光暈。遠處隱約燈光數點，近處的鄰居，窗內仍然是暖烘烘的燈火，主人是否像我一樣，也愛好這深夜的寂靜？

此刻，音響傳來「出埃及記」，那充滿節奏的電子樂音，迴盪在整個房間……。

下午茶

世事充滿著奇妙。多年前，正是海峽兩岸隔海砲戰後不久。我剛在家鄉唸國小，班上導師是陳瓊芳老師。陳老師大約教了我們一年多便離開了，從此沒再見過面。沒想到隔了悠長的歲月後，我們又見了面，但地點不在家鄉金門，也不是台灣，而是遠在太平洋彼岸的溫哥華。

陳瓊芳老師的夫婿正是名詩人洛夫先生。我來溫哥華之前，好友錦杉曾告訴我說，他的姨丈詩人洛夫及阿姨也在溫哥華。那時錦杉跟我都不知道他的阿姨曾是我的老師。後來，是怎樣發現這層師生關係，我記憶不起來也說不清楚。

那日，受邀參加在溫哥華舉行的第二屆「漂木杯詩歌朗誦大賽」及「洛夫、葉憲年書畫雙藝展」。我因有事耽擱，到達時詩歌朗誦已經結束，會場正舉行書畫展的茶會。另一參展人葉憲年女士則是本地知名的中文學校校長，現任僑務委員。在這樣的場合，我想陳老師應該也會出席。或許我可以跟老師見個面，打聲招呼。陳老師臉龐我仍清晰記得，但觀看了會場的賓客我沒找著。只好請熟識的葉校長幫忙，校長引我見洛夫先生。洛夫先生說，陳老師有事已先離開，讓我頗感惆悵。

隔天，我興奮的接到陳老師的電話，陳老師誇我記憶力好，時間這麼久還記得她的名字；我也不知道為何能牢記老師的名字。我清楚記得，那時陳老師與其妹妹一塊來學校教書；兩人剛自師範學校畢業，身材高挑、青春玉女的形象，頗受學生的喜歡。我問老師是否還記得我，老師說時間太久了已不復記憶了。我跟老師開著玩笑地說，我每次都得第一名，老師怎可忘記？兩人隔著電話大笑。最後，老師邀我找個時間到她家聊聊。

一個午後，亮麗的陽光灑滿一地，陣陣的涼風讓人沒有一絲夏日燠熱的感覺，這是溫哥華夏季特有的涼爽氣候。我開著車與妻來到詩人稱為「雪樓」的陳老師家。這時，老師已神采奕奕立在門口，從面貌仍可清楚認得出來，這真是不可思議的一刻。我們進到屋內，隔著落地窗面向著一院子的綠意盎然坐了下來。老師已準備了一壺台灣凍頂烏龍茶，切了一盤冰涼的西瓜，數盤老師親自料理的蘿蔔糕、蔥油餅、加哩餃，這些可是本地不易吃到的道地點心。老師頻頻倒茶，幫忙夾這夾那的。

其實，我並不知道老師如此幽默風趣又健談，我們無所不談，時光地點像是回到多年前的島鄉金門。我好奇的問老師是怎樣的情況下與詩人相遇而迸出愛的火花？我深知，在那個時空背景下的金門，老師的清純形象追求愛慕者一定很多。還開玩笑問老師，有沒有時常沉醉於詩人的情詩中而疏忽了對我們的教學？

桌上正放著一套四大冊，詩人剛出版的全集。妻順手打開翻看著，除讚賞詩人的成就，並有感而發地推崇老師說，每位成功男人的背後都有一位偉大的女性。老師接著說，是啊！我做了數十年的「金傭」了。我一時沒會意過來，還問老師也寫武俠小說啊！引來大笑。原來老師的意思是「來自金門的傭人」，而不是寫武俠小說的「金庸」。

後來，詩人自樓上下來加入我們的談笑，並在一冊「詩書雙藝展」的冊子上題字贈送給我們。這冊子展出洛老以行雲流水般的筆墨書寫自己的現代詩，堪稱別具一格。封面上的那首以行草書寫的詩：

譬如朝露
一滴
安靜地
懸在枯葉上
不聞哭聲的
淚

字體疏放自如，墨色或飽滿或適中，神韻雋永，耐人尋味。

老師與妻皆喜歡園藝、麵食，兩人相談甚歡。告辭時，老師引領我們觀賞客廳的一盆曇花，這曇花正有一花蕾含苞待放。來到門前，有棵老師手植的紫藤頗為特別，主幹分叉成數股枝幹，然後順著牆邊沿著屋簷形成一大片的綠蔭遮篷。想開花時節，一樹紫色的花當是一番美麗景象。庭院還種了牡丹、玫瑰、朱槿等花花草草。前院入口處，有一叢竹子，竹身紋路特別甚是搶眼，老師不使竹子四處蔓延僅保持這樣一叢，可謂別具巧思。

當發動引擎，搖下車窗揮手跟老師說再見時，老師以金門腔的閩南語對著我們說：「等你們台灣回來，我炒米粉給你們吃！」

北國春色

昔日讀到「暮春三月，江南草長，雜花生樹，群鶯亂飛。」短短數語，將江南的時地、節令、事件，描述得鮮明活現如在眼前。

北國的溫哥華，又是怎樣的一番春景呢？漫漫的冬季過後，一大早又可聽到羽毛烏黑發亮的烏鴉，在枝頭、屋簷「啊！啊！」啼叫。機靈、敏捷的松鼠又再次逡巡、奔馳於草地上，攀爬飛越於樹枝間。自南方長途跋涉飛回的野雁，又於湖泊、池塘隨處可見。寒冬，原本光禿禿的枝椏、樹幹，紛紛冒出新綠。

等不及的櫻花已開始綻放，粉紅、粉白、桃紅……。柳樹以各種身姿展示串串細長的垂柳，木棉花、茶花、鬱金香、雛菊、風信子、大麗花、三色堇、各式水仙……，也不甘示弱於行人道、公園、籬笆旁、圍牆邊、陽台、窗邊、院子，恣意開花熱鬧繽紛。一叢叢、一簇簇，像打翻灑落一地的調色盤，盡其所能調出色彩裝扮點綴大地。

賣場挪出戶外空間，擺著各式草本木本的盆栽、肥料、園藝工具、庭院裝飾。幾款有蘑菇的裝飾物，嬰孩躺在蘑菇上、有羽翼的仙女坐在大蘑菇上、或是整顆蘑菇是個小女孩蕈狀物是女孩的大帽子……。不知道西方的童話故事裡，花園與蘑菇是否存在著什麼美麗的故事？

有人整理院子修剪花木；有人買來盆栽種植新的花卉；有人帶回開滿花朵的吊籃懸吊在陽台上；自吊籃垂下的花草迎風招展。

一日，路經一公園，公園管理人員又在挖坑植樹。記得去年此時，慢跑經過，也遇到在種樹。這裡的樹木已是滿山遍野，但每年仍然不斷種樹。

此刻，家裡院子一棵不知名的樹，葉子也爭先恐後長得茂密異常，間雜開著朵朵小紅花。兩棵楓樹亭亭矗立，每支枝條也長出新芽。

院子角落，妻種植的一棵蘋果樹同樣冒出嫩葉來。自家後院擁有一棵果樹，曾是我奢想的夢！去年，結了果實，讓我興奮的找來紙袋，學著果農將蘋果一顆顆包好免被烏鴉啄食。很難想像小小一棵蘋果樹，主幹只四、五公分粗，卻長出大小幾十顆蘋果來，大的甚至可兩手合握！

住家旁的小公園。一頭散髮有落腮鬍的老伯，一早在公園忙著幫花鬆土、移株、澆水，像似照顧孩子般的照顧園內的花花草草。公園雖然不大但花的種類頗多，彎曲的小徑有層次的植栽，處處讓人驚豔，都是老伯的傑作。園內僅有一傾頹且老舊的房子是老伯的住處。聽說公園部分土地是老伯捐出的，實際情況如何，不得而知。倒是老伯悉心的照顧給小公園帶來滿園春色。

屋外，驀地傳來陣陣「啾！啾！啾！」的鳥鳴聲，待轉身望向窗外，隔著百葉窗只見兩隻黃綠色小鳥在長出嫩葉的枝頭跳躍、鳴叫。

遠方的山頭仍覆蓋著白雪，但大地已自寒冬甦醒了；花草隨風搖曳，鳥兒展翅飛舞；白天越來越長了，慢跑、溜狗、散步的人多了……。

下雪的季節

入冬溫哥華的第一場雪從昨夜開始，初時像粗鹽般的撒落；今晨下得更猛，像鵝毛片片落下，不時間雜吹來強風，雪片便在空中翻轉飛舞。中午過後積雪已達二、三十公分，大地一片皚皚白雪。

下雪是極美的，大地一片單純寧靜，無聲無息的。不停飄落的雪花，將屋頂、車子、路樹、院子、田野、山頭，覆蓋上一層軟綿綿棉被似的厚厚白雪。

第一次與雪相遇，是數年前一個冬天，在加拿大愛德華王子島（Prince Edward Island）。這是位於加拿大東北邊的島嶼，也是最小的一個省分。這島是膾炙人口的電影「清秀佳人」（Anne of The Green Gables）原作者露西・蒙哥馬利（Lucy M. Montgomery）的故鄉。電影是以她家鄉為背景寫成的故事，描寫天真、純潔，討厭自己有一頭紅色頭髮的安．雪莉（Anne Sherry），被一對年邁農家兄妹收養的經過。

那天，當我們走在首府Charlottetown的一處廣場上，突然下起雪來。那是生平第一次接觸雪，當雪花飄在臉上身上，樂不可支，像孩童般快樂忘情的在廣場手足舞蹈。

溫哥華的冬天較常下雨，下雪不多。不過每年總會下個幾次，滿足居民的期待。不像鄰近的Calgary、Edmonton冬天氣溫常是零度以下一、二十度經常有雪。

記得剛來，一次大雪過後，一家人興奮不已，穿戴好禦寒的衣物，興致勃勃的在院子裏堆雪人。

我們習慣用「像滾雪球般……」來形容事物的增長快速，但體會並不深刻。那一回，當做好一團雪球，放在雪地上滾動，地上的雪厚厚的一層像地毯般被捲起、包裹到雪球上。雪球滾過的地方，露出下雪前原有的草地。這時才恍然驚歎，滾雪球原來是這麼一回事！透過滾雪球，一會兒功夫便滾好兩個大小不等的雪球。大的當身體，小的疊在上面當作雪人的頭。找來兩根樹枝插在大雪球兩旁當作雪人的手，兩顆栗子嵌在臉上當眼睛，數顆鑲入大雪球當衣服鈕釦，一根胡蘿蔔當作雪人長長的鼻子。最後，幫雪人戴上毛線帽，頸上圍上圍巾，一個生動可愛的雪人便顯現眼前，一次難忘的堆雪人經驗。

下雪了，代表聖誕節假期的來臨。加拿大緯度較高，冬天常是下午四點鐘便天黑。但夏天，白天卻可長到晚上十點天色才暗。每當黑夜來臨，有些人家在陽台、門前、院子，點亮著五顏六色的小燈泡，除了迎接聖誕假期，也給這清冷的下雪長夜增添了些許暖意。有些裝飾精美的住家，成了夜晚人們參觀的景點。

聖誕假期也是「給」跟「分享」的季節。老師要小朋友將不再玩的玩具捐出，學校將收集到的玩具分送給需要的小朋友。

購物中心、銀行、超市門口，義工穿戴聖誕老人衣物，搖著小鈴鐺為需要幫忙者籌募基金。

商業區無家可歸的遊民蓋著破舊的棉被，在下雪的冬夜，瑟縮街頭一角。慈善團體開始騰出了空間，準備好了乾淨的棉被床褥提供遊民庇護。有些慈善團體，在街頭發放禦寒衣物給遊民。有些則提供熱騰騰的聖誕餐，讓無家可歸者飽餐一頓。聖誕老人到兒童醫院送玩具給病童、熱心人士到老人活動中心唱歌娛樂年長者，……。

聽氣象報告說，今年冬天要比往年冷，屋外仍不停的下著雪，但人與人的關懷，使得下雪的季節不再凜冽！

讓想像高飛

一直認為畫畫是啟發引領孩童想像最簡便的方式之一。只要一冊畫本跟一枝鉛筆，便可使孩童馳騁於想像的天地；將一張張空白的紙張，創作成變化萬千的圖畫。

初到溫哥華，有一華人慈善團體辦園遊會，希望我能負責一個攤位。安排什麼好哪？頗傷腦筋。後來想何不辦一個給小朋友玩的，便著手安排了兒童畫畫的攤位；並確立以當地重視的環保為原則，使用的材料以回收材料為主。並且先做了四張「圖畫」展示於攤位上：

一張是印刷精美的廣告單做成的雪人圖。這圖以藍色紙為背景烘托著戴著紅色帽子的雪人，細碎白色小紙片自天空飄落，雖然雪人帽子上仍留有廣告商品的文字，但並不影響畫面的那份寧靜及雪人造型的討喜。

另一張是用瓦楞紙做的一列火車，車頭及幾節車廂保留紙張鼓起的條紋，鏤空的車窗可看出車廂內旅客的身影，整列火車冒著陣陣濃煙，正穿過一片蒼翠森林。

再一張是碎布貼在硬紙板上，將花布貼成房屋的牆邊一角。牆上有一窗，一隻金色眼睛的黑貓坐在窗台上，屋頂上則有一烏鴉，牆邊還有一簇花叢。這幅用布剪貼成的畫，顯現一種質地美感。

最後一張，則是撿拾路上飄落的楓葉，將兩片色調不同的楓葉貼在白色紙板上，並在空白處用黑色鋼筆書寫一首小詩。然後將這幅楓葉「圖」，加上銀白的金屬框。若放置書桌上，是件賞心悅目的飾品。

這幾張示範圖，主要提供小朋友創作的導引，希望小朋友能夠觸發靈感。若小朋友想模仿示範圖例，依樣畫葫蘆也可以，好玩嘛！況且很多學習都是從模仿開始的。因此，事先幫小朋友準備剪裁好回收的材料。熱心的朋友有的拿來不用的布料、毛線，有的拿來自己收藏並已乾燥的楓葉，另有拿來色紙及家中孩子已長大不再使用的色筆顏料。

園遊會上除了幫小朋友做了示範圖，還準備了一份「彩繪人生」的攤位介紹文字：

「兒童畫畫的主要目的，簡要的說，一是啟發創造的能力，另一則是培養對美的鑑賞及涵養。」

「每一個小朋友都具有畫畫的天賦及欣賞美的潛能。適度的引導，能幫他們打開一扇繽紛的視窗。……父母不要以成人的觀念來影響孩子。例如：指出其透視不正確或比例不對……而傷害孩子那份活潑、純真、充滿想像的『風格』」

「其實，只要適度發揮巧思、創意，家裡回收的材料，如空紙箱、空瓶子、空罐子，都可以拿來做玩具。紙箱加上四個輪子，稍做裝飾便是一部可愛的車子……」

「談到這，不得不提藝術家Alexander Calder。他用金屬、塑料、紙板等組成深具創意及趣味的懸掛雕塑，常令觀者駐足流連。而他那源源不絕，發揮在繪畫、珠寶、玩具的創意，不但取悅了自己，也歡愉了廣大的群眾。」

「希望小朋友盡情發揮創意、想像，『彩繪人生』，玩得快樂！」

是的，兒童繪畫隨著年齡而有不同的表達，大約到國小高年級的階段，才有一點寫實的概念。因此，我們欣賞孩子的畫，不要以「像」或「不像」來衡量；而教導孩子也應以啟發、引導來著手。

園遊會當天，看著不少小朋友來到攤位，聚精會神的剪紙、畫畫，由模仿而觸發創作，讓人分享了那份喜悅。他們純真、稚拙的筆觸，自由、隨意的線條，不合比例的人物、造型。看著他們天真爛漫、讓想像高飛的圖畫，我的心也跟著飛揚、年輕了起來！

茶、咖啡及其他

喜歡茶已是很早的事。

小時候，父親忙完工作，總會沏壺茶吆喝著孩子們喝茶。大夥兒圍坐在長廊下，那張厚實的長方木桌喝茶；日頭的光影隨著時間在桌前移動，看著一縷縷白煙自磚紅色小茶壺嘴冉冉升起，有股神奇的吸引力。

方正的小茶包是用棉紙包著。上頭紅色戳記印著「鐵羅漢」字樣，包裝極具古味。鐵羅漢是熟茶，喝起來濃又有些許焦味；及到臺北喝了烏龍茶後，深深被烏龍的清香舒爽所吸引。至此，幾乎不可一日無茶，即便是出外旅遊仍隨身攜帶茶葉。

妻不但愛茶更愛咖啡，家中買了濾紙沖泡式、虹吸式、蒸氣加壓式等各類咖啡機。經長期潛移默化後，我也喜歡上咖啡。

在溫哥華路上、公車上幾乎人手一杯咖啡，很多人的一天是從一杯咖啡開始的。街上咖啡店林立，路旁的咖啡座飄散著濃郁咖啡香，人們喝著咖啡閒話家常。

常去的咖啡店老闆來自台灣，多年前她初到此地，酷愛咖啡的她，在聖誕節的長假期遍尋數條街買不到一杯熱咖啡喝。為此，她立下願景，開一家聖誕節不打烊的咖啡店。

店內白色瓷盤托著十六盎斯厚胎廣口的白色瓷杯，注滿著濃濃香醇的拿鐵，這是我喜歡的榛果加味咖啡；緩緩上飄的煙氣裊裊繚繞，讓人感覺浪漫滿足。咖啡上的拉花出神入化，令人著迷！

除了烏龍、咖啡外，我們也飲用此地買得到的各式水果綠茶、抹茶及玄米茶。

多年前曾在臺北東區及公館，見有攤商販賣多穀物強調健康的手工餅乾。在我的刻板印象，麵包餅乾之類的食品應是由麵包專業師傅做的，尋常人家很難有這能力。

及來溫哥華，家家戶戶廚房都有大型電烤箱，像是專為烘焙麵包而設的。妻借來烤麵包的參考書籍，製作合乎口味及含核仁乾果的麵包。往日，臺北街頭所見的手工餅乾已是稀鬆平常的產品。家中下午茶，佐以自製的點心別有一番風味與溫馨。

酒，對我來說並不如喝茶或喝咖啡般熱中，但喜歡那種感覺，尤其是葡萄酒。當舉起晶亮的高腳杯，微晃著杯內的紅酒，輕聞它的香品嚐它的醇郁，感覺真美！與溫哥華同是卑詩省的Okanagan湖岸盛產葡萄，其所產葡萄酒冰酒遠近馳名，興致來時，總不忘喝杯此地釀製的紅酒助興。

有一趟回家鄉，朋友請吃飯，取來晶瑩剔透的小玻璃酒杯，稱做「一口杯」。席間，喝酒、敬酒皆一杯一口，像是已約定成俗的規矩。大夥兒喝酒如喝水，濃烈高粱一杯一口下肚，讓我這不勝酒力原汁原味的酒鄉人也雙腿發軟。

鮭魚返鄉行

魚兒奮力躍起，尾鰭以閃電之勢急速甩動，激起水花四濺，但剎那間，仍被無情湍急的水流沖刷下來。魚兒無視這水流，一而再，再而三地，一條條騰空躍起，向激流飛奔撲去。牠們知道這是宿命，不成功，便只有失敗一途。

經數千公里奔波的魚群，迎著迅急的溪水，牠們與湍流飛瀑奮戰、與岩石撞擊、與河床礫石摩擦，魚兒已遍體鱗傷、傷痕累累了；甚至不支倒了下來，河床、岸邊遍地魚屍，這是魚兒洄流的悲壯場景。

位於溫哥華東北方，車程約五小時的亞當河（Adams River），全長十二公里的溪流是紅鮭（Sockeye salmon）的故鄉。每年秋季成群的鮭魚洄游，成了熱門的旅遊景點。今年正巧是四年一度的紅鮭大洄游，估計超過三千萬尾，這數目是自上世紀初以來的最高紀錄。

魚兒在淡水的溪流中產卵，魚卵孵化成幼魚後，這些幼魚在河流中成長一年，來春，隨著冰雪融化的溪水游向大海。在海中長大成鮭後，便像祖先一樣，開始尋找返家的路。牠們來到河口，便沿著河流溯溪而上，洄游到出生的棲息地產卵繁衍下一代，最後精疲力竭地死掉，完成一個生命的循環。返鄉的路途迢迢，足足要經歷一年時間。一路上除了熊、老鷹等天敵的捕獵；因是溯溪而上，還需面臨湍流的溪水、淺灘、岩石、瀑布等的險阻，可說是危機四伏困難重重的旅程。

令人好奇的是鮭魚憑靠著何種方法回到牠們的出生地呢？北美的加拿大、美國西岸有數不清的大小河流出海口，牠們是如何找到自己的母親河？一說鮭魚在出生時，就記得淡水家鄉的味道，等到游向大海這種記憶仍然沒有消失，最後就是靠這種記憶，一步步找到回家的路。但有人認為，雖然鮭魚的嗅覺靈敏，但在大洋中的鮭魚群，仍然無法僅僅依賴這些微的氣味就可找到回家的路。實際情況如何？是一個有待破解的謎。

入秋時節，北國的原野變得明豔動人，大地由綠色的基調轉為黃橙色系。清澈的溪流中，成群的鮭魚卻無心賞景，牠們一刻也不敢懈怠停留，日夜往家的方向奔馳。牠們知道，當天候轉冷，大地下起雪來河道結了冰，牠們再也回不了家。當牠們來到內陸河川便停止覓食，以體內儲存的脂肪蛋白質維持生命。這時雌雄鮭魚，體型顏色也發生變化，雌魚大腹便便，雄魚背部隆起，嘴巴突出成鉤狀，牠們的身體顏色則轉成紅色，將整條溪流點染得紅豔豔一片。

來到溪流邊，不時聽到「噗！」的一聲，倏地水花濺起，魚兒奔騰跳躍，水聲此起彼落。鮭魚的返鄉路，像是一場永無止息的障礙賽，跨過一個險阻緊接著又是另一個險阻。

有人說：「這是個淒美的故鄉夢，這夢必須用生命來實現！」

一首因風而成的情詩

那天，接到陳老師的電話談到有位美國來的朋友，要開設中文學校，校舍與學生都張羅妥當，目前只缺老師，問我及內人能不能過去幫忙？最後，陳老師還不忘開玩笑的說我：「沒見過這樣的學生，一整年沒跟老師打個電話！」

陳老師是我國小一年級的級任導師，她的夫婿是有「詩魔」之稱的名詩人洛夫先生。我們師生幾十年的闊別，去年才在溫哥華取得聯繫見了面。從上次見面，我就沒再跟老師聯絡。雖然老師電話中是句玩笑話，但我這當學生的，一整年沒跟老師問候一聲是不可原諒的！除了跟老師致歉外，並做了拜訪的約定。

一個涼爽的夏日午後，當來到老師家，老師早已準備了一壺台灣烏龍茶及家鄉的點心月餅、鳳梨酥……。還有親自做的我跟內人讚不絕口的蔥油餅。我們面對著後院的一片綠意、光影，一面喝茶聊天一面欣賞電子相框播放著詩人的故鄉——湖南衡陽地區，為詩人設立「洛夫文學紀念館」的一系列活動。在這些活動照片中，我深深被老師的公子莫凡演唱的畫面吸引著。莫凡演唱的歌曲是他為父親所寫的一首詩「因為風的緣故」譜的曲，照片上他正於舞台上自彈自唱這首歌。莫凡曾與袁惟仁共組「凡人二重唱」，以清新的民謠風格走紅歌壇。

因為風的緣故

昨日我沿著河岸／漫步到／蘆葦彎腰喝水的地方／順便請煙囪／在天空為我寫一封長長的信／潦是潦草了些／而我的心意／則明亮亦如你窗前的燭光／有曖昧之處／勢所難免／因為風的緣故

此信你能否看懂並不重要／重要的是／你務必在雛菊尚未全部凋零之前／趕快發怒，或者發笑／趕快從箱子裡找出我那件薄衫子／趕快對鏡梳你那又黑又柔的嫵媚／然後以整生的愛／燃一盞燈／我是火／隨時可能會熄滅／因為風的緣故老師說，這詩是詩人為她寫的。他寫詩的那個晚上，剛好停電，便點起蠟燭。當打開窗戶，風吹了進來，把蠟燭吹熄了。他就說：「喔，因為風的緣故。」這時，有了寫詩的靈感，那晚，他就把整首詩寫好了。老師接著說，下回來，再找這首歌給你們聽。我回老師說，不用費心，網路上應該可以找到。

記得去年來訪，老師家的曇花正含苞待放，我隨口問老師：

「今年曇花開花了沒？」

「早已開過了！」

「那紫藤？」

「也開過了，不過好像還有幾串在樹上！」

我信步走向屋外，觀賞那僅有的幾串紫藤花在微風中顫動著。我誇老師家這株紫藤，種在牆邊一角，沿著牆及屋簷形成一棚架。想那開花時節串串花朵往下垂掛，定是繽紛燦爛絢麗至極。但老師卻有所感的說，前不久一隻母浣熊，沿著紫藤爬上屋頂的夾層生寶寶。發現後，趕也趕不走，更不能傷害到牠們。後來雇人來處理，一會兒用聲音趕、一會用燈光趕……。費了好大的功夫，才將牠們趕走！

我愛上冰上曲棍球

對運動我有一些「偏見」，我並不清楚為何有這樣的看法。每當我觀賞某些運動，像超級杯美式足球、冰上曲棍球……，這些比賽。球員個個像猛虎出柙般的神勇，能衝又能撞，場面既緊張又刺激，但卻沒能引起我太大的興趣。另一「偏見」則是只要中間隔著網的運動我都喜歡，沒錯！排球、網球、羽毛球、乒乓球，我都喜愛甚至到了著迷的程度。

冰上曲棍球此間來自香港的朋友稱之為冰球。我愛上冰球，指的是由先前的排斥轉而漸漸喜歡觀賞這運動。初來，常見有些孩子打開自家車庫門手提著球棍，在車庫內玩起射門來。有些小小孩更有趣，常兩三人在社區空地擺放著有網的球門，玩起攻防曲棍球來。那童稚的聲音專注的神情，常引人會心一笑。後來，發覺球季時，大人更為瘋狂。有穿著偶像球衣號碼的冰球裝，有車上插著支持球隊的小旗子，對冰球熱愛程度，簡直到了忘情的地步。冰球就像台灣的棒球，儼然已是加拿大的國球。

冰球跟籃球的攻防有些類似有兩名前鋒、兩名後衛、一位中鋒；不過冰球比籃球多了一位守門員。依我看，玩冰球的難度蠻高的，首先必須能穿著冰鞋在冰場上來去自如；還要在極高速度下，僅靠著球棍的彎曲面來「運球」。有一回，到一處溜冰場，看冰場上一對年長的夫婦與孫女一塊溜冰戲耍，那優美的姿態，讓人讚賞！看在妻與我的眼裡羨慕不已，一時頗興起「有為者亦若是」之感。後來，想想，不對啊！這夫婦可是「玩溜冰長大的！」今天的腳下功夫，也不是三兩天養成的；況且我們老早過了耐摔堪摔的階段了！

真正讓我愛上冰球的臨門一腳，應是這次溫哥華冬季奧運了，最後這場冰球金牌之爭是由北美雙雄美國與加拿大出線。先前預賽中美國以五比三擊敗加拿大，但根據以往奧運，加拿大與美國交手的紀錄是十勝三敗三平手。因此，這是場龍爭虎鬥精彩可期的賽事。有趣的是這場比賽雙方經驗豐富的守門員，都是來自溫哥華加拿大人隊（Canucks），頗有兄弟鬩牆互別苗頭的意味，更增添比賽的可看性。

比賽加拿大一路領先，讓加國球迷如醉如狂，但在結束前的24秒美國隊及時射入一球追成二比二平手，讓加國球迷嘆息不已。延長比賽，誰先得分便是贏家，讓氣氛緊繃到極點。最後加拿大隊不負眾望先馳得點贏得這場艱苦的比賽，也為加國於閉幕前再添一面金牌。

看完比賽出外購物，街上到處是為贏球歡呼的人群，有將國旗披掛身上者、有搖旗吶喊者、路過車子按著喇叭互相應和的；我也情不自禁與路過的行人、車子揮手呼應。我想，我是真正愛上這運動了。

英雄

記得唸小學時，學校每間教室牆上掛著一幅人物畫像，有鄭成功、戚繼光、史可法……等。這些人物都是保家衛國，抵禦外侮的英雄，他們是我腦海中最初的英雄圖像。

每個人最初的英雄影像，或許有些不一樣。有的人可能看了諸葛四郎大戰惡魔黨的漫畫，對四郎、真平的武藝高強消滅魔鬼，視為自己的真英雄。有人讀了「西遊記」，對孫悟空的一路伏妖降魔，達成護送唐三奘西天取經的任務，視孫為英雄的。有人可能看了「超人」、「蝙蝠峽」等影集，而認同這些城市遊俠的濟弱扶傾、除暴安良，將他們視為英雄。

英雄會是怎樣的形象？誰曾是你心目中的英雄呢？所謂時勢造英雄，你可能想到，戰爭期間某些領導人民抵抗邪惡勢力的人物；你也可能想到把

「拯救他人的不幸與貧窮，當成自己的責任。」到非洲行醫的史懷哲醫生；你也可能想到突破本身的盲聾障礙，成為作家的海倫．凱勒；以及那些探索海洋、高山、太空，為人類做出貢獻的人，……。

其實，英雄有各種不同面貌，曾演過「超人」的克里斯多福．李維曾說：「我認為英雄是那些面對困境時，具有堅持和忍耐力的普通人，他們才是真英雄。」是的，英雄常是普通人，他可能是社區的打火英雄；鄉鎮小診所以救人為先的醫生；或是本身並不寬裕，卻將平日省吃儉用的錢，長期默默買白米濟助需要幫助的人；或是某位打擊罪犯宵小，盡心維護社區治安的警察。

特瑞．法克斯（Terry Fox）則是另一種類型的英雄。加拿大人視他為英雄，社會希望的象徵。

那年，特瑞十八歲因發現骨癌，需將右腿截肢。在醫院中，他深深感受到跟他一樣的病人遭受的痛苦。想到要用什麼方式盡一己棉薄之力。

一九八〇年四月十二日，他開始橫越加拿大「希望馬拉松長跑」的壯舉，為癌症病患籌募研究基金。

他的「希望馬拉松長跑」東起加拿大東北角的紐芬蘭省，西至溫哥華所在地的卑詩省，全長八千五百多公里。這個距離比亞洲最長世界第三的長江，還要多出約兩千多公里。對一個健全的人，這已是一項難跨越的艱鉅任務，何況是一位右腿截肢以義肢代替的跑者。

當特瑞孤單的身影，蹣跚地跑在一望無垠的公路上，讓加拿大舉國動容。

事實上，長跑前特瑞已經做了三年的長跑訓練準備。無論寒冷的雨天或是酷暑的熱天，每天跑步四十公里。當他的「希望馬拉松長跑」，跑了一百四十幾天來到多倫多的安大略省。他已跑完五千多公里，更換了九條人工義肢。也就在這時，他感覺胸部疼痛，經醫院檢查發現癌細胞已蔓延至肺部，必須停止長跑。隔年，他以年輕的生命二十三歲離開人間。但他的「希望馬拉松長跑」為癌症基金籌得款項高達約兩千四百萬加幣。

特瑞也是芸芸眾生中的一般人，他曾是高中及大學的籃球校隊。除了籃球，也喜歡棒球、橄欖球及長跑。他也曾擁有夢想，主修人體運動學想畢業後擔任體育教師。但突如其來的疾病打亂他的計畫，粉碎他的夢想。但就是在生命最困頓的時刻，他仍然燃燒自己照亮別人。

英雄，有時看似高不可攀離我們遙遠；但有時，卻又在你我身旁。其實，只要有心，不論身份、地位、階級、學識，人人都可成為社區鄰里的英雄。

海外教中文

一個冬天的星期六早晨。幾天前下過的一場雪，路上仍殘留著積雪。有些已被行人踩硬了，形成很容易讓人滑跤的黑冰。

氣溫大約在零度左右，人們寒暄打招呼，都會從嘴巴冒出一口大白煙來。在溫哥華西區的一所高中，九點未到，車子已絡繹於途魚貫進入校園。家長像往常一樣，無畏寒風將孩子送來學習中文。

教室的暖氣驅走了室外的寒意，這一星期一次的中文課，對學生各自有不同的感受與期待。倒是孩子們剛剛忙完一星期的正規課程，難得捱到了週末。一大早又要爬起來上中文課，精神是值得讚賞的。

因是依中文程度來編班，班上的學生從七年級到十二年級的學生都有，相當於台灣的國一到高三的學生。

就讀七年級的Michael在台灣唸到小學三年級，隨家人移民加拿大。這陽光男孩除了熱心班務外，也樂於在課堂上表現。雖然每次回答問題，十之八九是錯的，他卻樂此不疲。

Jennifer是在加拿大出生的，嬌小個子的她現在是八年級。是一位乖巧、勤奮的女孩，講起中文沒有任何腔調。爸爸長年在台灣工作，媽媽獨自照顧她們姊妹，她學習中文的成果，背後隱含著媽媽的堅持與辛勞。

高個子的David來自大陸東北，像是被父母硬逼著來上中文課的。每次來上課總帶著籃球，下課總是第一個衝出教室；經常裝作沒聽到上課鈴聲，是一個什麼都不在乎的男孩。不過，作業都按時交，考試也能順利通過。他的作業、考試作答，都使用簡體字，應是在大陸學過中文才來的。

講中文帶著濃濃廣東腔的Brian來自香港。他寫的短文或造句，常有些許文言文語句也愛用成語，讓人好奇他之前學習中文的背景。雖然已就讀十二年級，正是忙著申請大學，卻仍然學習中文努力不輟。

父母來自台灣的Kevin跟Cindy是一對兄妹，都在加拿大出生。他們講的中文洋腔洋調的，相對的，一口流暢道地的英語，不在話下。

依我粗淺的觀察，學習中文「說」跟「聽」是較容易的。大致上，來上課的孩子講中文聽中文都沒問題，能進一步認識看懂中文就有些難了。尤其是此地出生的孩子，就像Kevin兄妹要朗讀一段文字是不容易的，他們記不得學過的中文字，常要帶著他們一句句唸。當然，孩子學習中文最感困難的還是「寫」中文，這個過程包括先要認識字、了解字的意義，同時要記得這些字的筆劃結構。最後，才能使用這些字來造句子或寫篇短文。

而有些中文字筆畫多、結構複雜，有些又很相似。像未來的「未」與週末的「末」、自己的「己」與已經的「已」，這種些微差別的字不勝枚舉。學生寫錯別字是常有的，更甚者，還常將字的部首上下顛倒、左右錯置哪！海外學中文，著實不易，是我們沉浸在華語華文社會裡，按部就班循序漸進學習中文的人，很難想像的。

為了提高學生學習的興趣及上課有更多讓學生表現的活動，我常會蒐集一些與教材有關的成語故事、謎語、繞口令等作為補充。記得有一回講「鐵扇公主與孫悟空」，學生聽了西遊記的故事如醉如癡著迷得不得了！後來，將班上學生分組，每組製作道具、撰寫劇本，讓各組演起西遊記來。演出時，有台詞使用不當笑料百出的、有忘了台詞支吾半晌索性用英語對話的。一時，孫悟空突然冒出英語大罵鐵扇公主，讓人時空錯亂捧腹大笑不已。

每到星期六，大溫地區就有不計其數的中文學校，租用公立高中教室，招收學生聘請老師來教授中文。其熱鬧情況與台北星期假日，學子蜂擁到補習班上課的情形頗為相仿。

剛來溫哥華，因某些機緣到中文學校教書。就這樣，教了兩年中文。雖然，現已辭掉這工作，不過還滿懷念這段教中文的日子！

菲沙河口

最近讀過一篇文章，稱溫哥華為「雨都」。這是我第一次知道這樣稱呼溫哥華的。這稱呼滿貼切的，大致上，溫哥華冬天是多雨的，偶而也下幾場雪。

那天，是連續幾個雨天後露出亮閃閃的陽光，一顆心也跟著飛揚了起來。午後，便邀內人一塊開車外出走走。我們來到菲沙河口的史帝夫士頓村，這是一處有百年歷史的漁村，現仍遺留著昔日的魚罐頭加工廠、漁船船塢等古蹟。

河的兩岸一片平坦，河水徐緩地流著，水波湧至岸邊發出微微的水聲，偶而有駁船拖曳著砂石經過。南方不遠處便是加拿大與美國華盛頓州的邊界。天氣好時，隱約可見美國境內積著白雪的山頭。

我們沒目的沿著河邊鋪著木板的人行道散步，遇著店家便進入逛逛，有禮品店、古董店、魚貨店等。我們觀賞瓷盤、陶碗、飾物、玩偶、有趣的紀念品。來到一處以賣炸魚片及薯條聞名的店家，點了鱈魚片及薯條吃。一旁有智能障礙學生六七人，由專人帶領出來戶外教學，他們開心地歪著頭講話，費力地斜著嘴巴吃薯條說笑。時常見到這樣的教學活動，讓我有些感觸。成熟的社會懂得體貼善待弱勢族群的，或許這也是一個社會進步的指標。

沿著河堤有不少餐館、咖啡店，臨河的玻璃窗可讓顧客欣賞戶外景色。餐館前鋪著木板的露天大平台，擺放著餐桌、餐椅、落地陽傘。這時節，遊客並不多，遊客將隨著天氣暖和而陸續增加。

河面有不少海鷗盤旋著，時而發出叫聲，時而俯衝至水面，時而飛到行人步道來。沿岸有數處碼頭，停泊著漁船及遊艇。我們沿著專為行人及單車設置的步道走至出海口。此刻，雖是陽光燦然，但當海風吹來仍感覺有些寒意。河口沙灘上散佈羅列著一些漂流枯木，岸邊則是一片廣袤枯黃的草地，夏日這裡經常聚集著放風箏的孩童及人群。

步道至河口便折往北邊沿著海岸而建，此時，步道一旁是一望無際的太平洋。步道長約四公里可達北邊的特勒諾瓦社區的一處觀景台。觀景台除可觀賞岸邊的候鳥，也可觀賞溫哥華國際機場飛機的起降。

說到觀賞飛機起降，倒讓我想起去年夏天在高雄的難忘體驗。那天，朋友帶我們到旗津玩，回程已是傍晚時分，朋友提議順道去看飛機起降。這「看飛機起降」在我的解讀，是站在一處空曠的地方，看著飛機的起起落落。沒想到到達目的地，偌大的停車場幾乎停滿了車子；進入場內，一排排桌椅幾乎坐滿了遊客。遊客可點冷飲、冰品或各式熱食，觀賞不遠處飛機的起落。每回，當機場的飛機起飛或降落，閃光燈便此起彼落的閃著。更誇張的是場內還設有一小舞台，當夜幕低垂有歌者上台演唱。

站在出海口，我們駐足觀賞眼前壯闊的海面，海水在陽光的照射下波光粼粼。面對著這片大海，聽著風聲、看著飛鳥、觀那港灣內桅杆隨浪起伏的遊艇，讓人開心。

回程，車子經過一處廣闊農地。記得初來，適值萬聖節前夕。路過此地，農田上結滿等待採收的大南瓜。昔日僅能在畫中看到的場景，讓我有機會實地觀賞，著實令人興奮。

也是這片田園已忘了是那處入口。一對來自台灣的夫婦這裡也有一塊農地。他們在田裡種著蔬菜，一旁種有數列的櫻桃樹。那日跟女主人買了櫻桃及一些時令蔬菜。聽她說，他們原是台北的農家，士林石牌仍有大片農地。是何原因遠來這裡種田？我不好多問，每個人都有自己的人生劇本。

回到家陽光又躲入雲層，天色再度陰沉，不一會兒功夫又下起霏霏細雨來。

秋色

一個午後，開車來到一處停車場等人。進停車場經一處圓環，入口處有四、五棵高聳入雲的大松樹，樹幹可兩手環抱，深綠色的枝葉像人字形般環繞著主幹節節往上長著，龐然茂密的樹身，讓人敬畏。圓環內數株不知名的樹，葉子已轉成橘黃、橘紅色。我將車子停到一樹蔭下、熄了火並將車窗搖下一小縫讓空氣流通，然後閉起眼睛休息。

此刻，偌大的停車場，只聽得風吹著地上落葉發出窸窣聲響。突然間，聽到「呱呱」、「呱呱」的叫聲，抬頭望去，見一群野雁自上空掠過，有節奏地振動翅膀，不停的發出叫聲。短暫靜寂後，地上的葉子又隨著風發出沙沙聲響。樹上葉子也隨著飛舞飄落，掉落在車頂、擋風玻璃、引擎蓋上。隔著車窗，順著左側方向往外看，是一大片翠綠的草坪，草坪盡頭葉子已轉成赭紅色的樹林，在其他綠樹的襯托下顯得格外醒目顯眼。四周除了長青樹外，樹上的葉子隨著陣陣的風吹撲簌簌掉落，無一樹可倖免。

看著落葉紛紛的秋日，不免讓人感覺秋意的蕭瑟傷感。但當你看著遍地的秋色，一叢叢的淺黃、鉻黃、鉻紅、赭紅、綠、墨綠交互參雜的樹林，不得不被那繽紛的色彩迷惑吸引，而讚嘆這秋色之美。幽默大師林語堂對季節有這樣的看法「我喜歡春天，但是它有太多的稚氣；我喜歡夏天，可是它浮躁。我最喜歡的還是秋天，因為秋天樹葉剛成嫩黃，氣氛比較柔和，色調比較濃豔，……。」但，不論你喜歡哪個季節，四時總是不停地按時更替。

又是一大群野雁「呱呱」、「呱呱」飛過，這回特別注意它們成「人」字形的隊伍。這有紀律的飛禽，正忙著飛往遠方過冬。雁群讓我想起孩子小的時候，曾陪他們觀賞「返家十萬里」，劇中小女孩駕駛輕航機，引領野雁，翱翔於天空的生動畫面，仍讓人記憶深刻。

我將目光自空中的雁群移轉到身旁不遠的大樹，這樹枝繁葉茂，正提供我停車處這片綠蔭。仔細一瞧，這可是一棵橡樹。記得詩人但尼生（Alfred Tennyson）曾有一首「橡樹」的小詩：

年輕　年老／像橡樹般／如此摯愛生命／
亮麗於春天／充滿黃金般的生氣；
豐盈於夏日／然後　然後／變化於秋日／
顏色轉趨幽微／再現黃金活力；
所有葉片／最終掉落／瞧　它挺立站著／
樹幹和樹枝／全然顯現的力量。

一年又一年，一個季節緊接著一季節，每一季節以不同風采循環不息的來到。日有陰晴，月有盈虧，這是大自然亙古不變的規律。而人有憂傷、歡樂；有沮喪、鼓舞；有離別、相聚，這可是人生的常態。一棵大樹，一株小草都可能給我們帶來啟示。

離開停車場，經一處路旁，數十公尺的長的一排路樹葉子紅得令人吃驚，像一束束自地竄起燃燒的火把；掉落的葉子將草地染成殷紅地毯。

那個清晨，我路跑

那是個多雲、涼爽，適合路跑的日子。

幾天前頻頻接到兒童醫院的電子郵件，一再提醒為了節能減碳，要大家搭乘大眾運輸工具或共乘車輛前往。這是溫哥華兒童醫院籌募兒童癌症基金的系列活動之一。清早，我與妻開車先去載來自哥倫比亞的Carol，然後再轉去一處路口接來自廣州的Silvia。

一路上大夥有說有笑，彼此談了些在這國度的親身體驗。他們要聽聽我的感受，對我來說，我認為沒有一個社會是十全十美的，每一個社會都有它的長處與不足。這裡倒有幾件感受深刻的事：

殘障者生活有尊嚴而自信

每回，遇到殘障朋友搭乘公車都讓我感動不已。司機先將車門台階調降，然後，放下一片電動鐵板跨接公車與路邊邊欄，讓殘障者電動輪椅可順利上車。等殘障者移到定位後，司機會將輪椅固定然後才開車。每位司機都是如此，或許我們認為這是一件不得了的事，但在這裡卻只是平日生活的一部份。公共場所、購物中心完全是無障礙空間，殘障者可自由出入。每一停車場都有為殘障朋友保留的停車位，為了方便殘障朋友停車，車位比一般停車格大些。

人人有當義工的觀念，也熱於當義工

學生上學除正規的課程外，還包含校外義工服務時數，在學校就開始培養學生服務社會人群的觀念。初次求職者，雇主會想知道你先前做了哪些義工？作為雇用與否的參考。醫院、美術館、圖書館、社福單位、機場、老人中心……到處都有義工的影子。學生當義工，退休人員當義工，家庭主婦也當義工，為社會提供豐沛的人力。我們常說「人生以服務為目的。」這裡已融入生活之中。

行有餘力捐獻醫院及「食物銀行」(Food Bank)

社區設有「食物銀行」，提供弱勢族群及需要的人。每年聖誕節前，所有賣場都可看到一處角落，堆放著由善心人士購買捐獻的食物及罐頭；然後由賣場轉交「食物銀行」。

而每年參與慈善路跑人數相當踴躍，捐獻的金額可觀。我們一路閒聊，分享彼此的生活經驗，轉眼間車子已抵達目的地。

這時院區內已擠滿人，但路上人群仍絡繹不絕自四面八方而來，有爸媽牽著小孩的、有推著嬰兒車的、有牽著心愛狗狗的……。會場備有早餐、咖啡、礦泉水，還有一個大攤位堆放著各式各樣水果。各種卡通人物穿梭會場與孩子玩樂、一個角落的啦啦隊正賣力表演、舞台上則有帶動唱，整個會場像是熱鬧的嘉年華會。

路跑全長五公里，路線沿著醫院旁的伊麗莎白公園繞一大圈後，再回醫院。這是理想的跑步路線，有碧綠如茵的草地、有高聳蒼翠的樹林，有時飛鳥啾啾掠過，有時陣陣花香飄來，路旁還有為跑步者加油打氣的樂團及合唱團。

當晚新聞報導說，兒童醫院整個募款活動，共籌得加幣一千六百五十多萬元——約接近台幣五億元。

我與孩子玩畫畫

六月上旬的一個清晨，亮麗的陽光灑滿大地，是個讓人心情愉快的日子。這天是這學期最後一次上課，回想起這段與孩子玩畫畫的日子，嘴角不覺露出了笑意；孩子詼諧的筆觸，童稚的言語，不時讓人發噱。孩子們除了正常的課業外，還學習不少才藝，下學期是否還繼續學畫，就不知道了。因此，除了幫每位孩子準備一份小禮物，在這最後一堂課也給孩子一個總結說明，做為孩子未來繼續學畫的參考。

雖說是孩子來跟我學習畫畫，其實，我跟孩子學習的更多。孩子都在北美出生的，雖然也學習中文，但總沒有說第一語言英語的流暢便利。因此，在課堂上仍須以英語跟孩子講課與溝通。而英語對我來說，除了講得生硬外經常講得「離離落落」的。但孩子總不忘給我糾正，有回我說到陰影

（Shadow）要如何處理時，我發音說成「歇陡」，剛講完，孩子們哈哈大笑連續重複了幾次「歇陡！」「歇陡！」我問該怎麼說啊！孩子說是「蝦陡」不是「歇陡啦！」有時，我講得讓孩子滿臉困惑，一頭霧水。此刻，我知道我講的英語出了問題，便將要表達的意思換另一方式跟孩子說。而孩子的英語總是像銀鈴般的悅耳，輕重抑揚有致，讓我百聽不厭。

課堂上，孩子童稚的圖畫，天真的筆觸，豐富的想像，讓人驚嘆。以「馬戲團」這一主題來說，我先蒐集了一些知名畫家曾經畫過與馬戲團有關的畫作，讓孩子觀賞。接著我採用腦力激盪，這是孩子最喜歡的時刻。孩子可以盡情將他們對於馬戲團的內容畫在黑板上，這時個個無不爭先恐後畫出他們所認知的馬戲團。你會發覺孩子想像力的豐富，有空中飛人、跳火圈、丟球雜耍、騎單輪車、小丑、獅子、老虎……。經過這麼一番激盪及觀摩後，孩子畫起圖來就得心應手多了。即使有孩子將本應雄赳赳的獅子畫成像沿著牆角瑟縮逃竄的鼠輩，也一樣讓人感覺有趣。

來畫畫的孩子每次都沉醉在畫畫裏，專注而認真。而每位孩子的畫各有特色，就以班上最小的孩子來說。他的人物身體都簡化成一個「大」字，然後畫個圓圈當作臉，而臉部的表情卻豐富多變。有一次，畫畫的主題是觀察描繪自己的手掌，另一位孩子在手掌背上又加畫一道傷痕還有縫過數針的痕跡。這孩子的畫面常放入類似電路板線路及現代機械的簡單圖形；通常還有對話方塊，方塊中大都是各種排泄物的字眼，大概是受漫畫書的影響。可以肯定的，畫畫對這些孩子來說是件快樂的事。

上完課，一對夫婦來幫孩子註冊下學期的課，說看過我的部落格，誇我將孩子的畫作放在上面，給孩子很大鼓勵，孩子很喜歡。又說所附的YouTube超連結提供的畫畫資訊及示範，給孩子很多的啟發。

其實，這些都是我份內該做的事，但不知怎的？聽了家長這番話，我的心就像戶外陽光一樣亮麗起來！

說烏鴉

沒特別留意烏鴉是那個月份開始出現的，那時候又飛走不見的。大致的印象是，冬天來了，當樹上葉子掉得僅剩枯枝，天開始下起雨下起雪來，烏鴉便不見蹤影了。等到隔年的二、三月，便又漸次見到烏鴉在樹上、窗台上、柵欄上啼叫。

烏鴉的叫聲「啊！」、「啊！」聲聲響亮而刺耳。有位朋友不喜歡溫哥華的原因是這裡冬天的雨季太長，另一則是烏鴉的叫聲過於聒噪，一大早擾人清夢。我不曉得鳥的叫聲也能嚴重到使一個人不喜歡一個地方的。

其實，胡適倒是有這樣一首有趣而含意深遠的白話短詩「老鴉」：

我大清早起，
站在人家屋角上啞啞的啼
人家討嫌我，說我不吉利；——
我不能呢呢喃喃討人家的歡喜！

天寒風緊，無枝可棲。
我整日裏飛去飛回，整日裏又寒又饑。——
我不能帶著鞘兒，翁翁央央的替人家飛；
不能叫人家系在竹竿頭，賺一把小米！

這老鴉是胡適自己的化身。在那個守舊的年代，他提倡新思想、白話文，招到不少批評與打擊。但他仍堅持說該說的話，做該做的事。

烏鴉是一種聰明的鳥類，牠們可以學簡單的人語。甚至知道將沙灘水岸邊找尋來的貝類、蛤蜊，叼在喙上，然後飛得高高的，再將嘴巴鬆開讓獵獲物掉落，接著啄食墜地破裂的貝類。牠們全身烏黑亮麗有著一對烏溜溜的眼珠子，直覺上，給人一種神秘、深不可測之感；而東西方的騷人墨客也樂於在詩文中以牠們來表達吟詠。

元曲大家馬致遠的「枯藤　老樹　昏鴉。……夕陽西下。斷腸人在天涯。」枯的藤，老的樹，暮氣的烏鴉，其景衰頹蕭瑟，深深烘托出旅人的失意與悲涼。「月落烏啼霜滿天，……夜半鐘聲到客船。」那月兒斜落，烏鴉的啼叫聲劃破漆黑的長空，滿天的霜冷帶著寒意。張繼的〈楓橋夜泊〉又是另一番情境。這傳誦千古的詩篇，使得寒山寺、楓橋，千百年來旅客不絕於途。而當年曹孟德據有北方，正率領大軍準備南取東吳，來到長江北岸心有所感，吟唱起「對酒當歌，人生幾何？譬如朝露，去日苦多。……月明星稀，烏鵲南飛。繞樹三匝，何枝可依。……」〈短歌行〉也用了烏鵲，都是耳熟能詳與烏鴉有關的詩文。而美國小說家、詩人愛倫坡（Edgar Allan Poe），更以「烏鴉」（The Raven）為名寫了一首對死者最深沉思念的長詩。反覆出現的烏鴉、叩門聲、風聲，象徵意味濃厚。

記得小時候，也曾耳聞長輩提過，若有喜鵲在庭院裡鳴叫會帶來好運；若是烏鴉則會帶有霉運。因此，一有烏鴉飛到人家院子，便招致人們的驅趕。其實，這事其來已久。宋代陸佃〈埤雅〉中就談到「今人聞鵲噪則喜，烏噪則唾。以烏見異則噪，故輒唾其凶也。」

不過，另一更早的民俗說法認為烏鴉是吉祥的鳥。直到唐代以後，烏鴉主凶兆的說法才開始產生。可從唐朝張籍的〈烏啼夜引〉得到證明：

「秦烏啼啞啞，夜啼長安吏人家。吏人得罪囚在獄，傾家賣產將自贖。少婦起聽夜啼烏，知是官家有赦書。下牀心喜不重寐，未明上堂賀舅姑。」

少婦夜裡聽到烏鴉啼叫的喜訊，知道官府一定有無罪釋放的文書。這是「烏噪則喜」的例子。

其實，烏鴉就是烏鴉，我們無需加在牠們身上太多的想像而給予污名化。人類太習慣於「以貌取人」，甚至，連鳥也要「以『貌』取鳥」、「以『聲』取鳥」，並貼上「好鳥」（吉鳥）與「壞鳥」（凶鳥）的標籤。

落雪即景

連日來大雪紛飛，這是我來溫哥華這幾年最冷的一年。氣象播報說，這是十多年來僅見的低溫。

溫哥華得天獨厚，受太平洋暖流的影響氣溫通常要比附近內陸的數個城市溫暖許多。冬天落雪的次數並不多，每年大概兩三次。今年卻出奇的冷，還不時下著雪，這幾天溫度一度低到零下十來度，氣象預測今年將有個白色耶誕節。

下雪是美的、充滿詩意的，氣氛是蒼茫、空靈的；雪片紛紛飄落，無聲無息的，傾刻間，大地一片雪白。這時，習慣坐在面向窗外的餐桌前，將百葉窗一一拉起，沏一壺金萱，與家人一面喝著茶，一面看著那窗外輕輕飄落的雪花。

入夜，窗外的路燈，映照著室外雪花的翩翩舞姿。為那迷人的雪景，甚而打開三樓臥房落地窗簾；隔著玻璃，居高觀賞那漫天飛雪。這讓我想起數年前，一次拜訪台北友人新居，他們房子座落於高樓層的樓中樓。那天，友人特地引領我們參觀浴室，那浴室居高臨下；沐浴時，除了可觀賞滿天星斗，還可以遠眺台北一〇一大樓，浪漫至極。

幾天來不停的降雪，大地早就覆蓋著厚厚一層鬆軟輕柔的白雪。馬路上不時有車子陷入雪中動彈不得。有的車子還來不及清除積雪，載著一車頂的白雪在路上奔跑。鏟雪車不停來回穿梭，辛苦的推除路面積雪。停在路旁的車子幾乎已被白雪包裹著，人行水泥道也消失於白雪中。

當雪停了，又可聽到鄰居孩子的嬉笑聲，孩子互相丟擲雪球玩著，在雪堆上打滾兒。一家小姊妹三人蹲在自家後院堆雪人，每人戴著一頂淡紫色毛線帽，映著皚皚雪地形成一幅雅致而生動的冬日影像。一位年輕媽媽腳踏著雪橇，在現成的滑雪場穿梭滑起雪來。

我也沒閒著，穿戴齊全的拿著雪鏟，一鏟一鏟將雪鏟掉。妻也興致高昂的加入，約莫半小時光景，總算將屋外這水泥人行道給清了出來。

一些長青樹上過多的積雪漸漸滑落下來，而光禿樹木的枝幹枝條上的積雪晶瑩剔透，像似鑲著銀色邊框，煞是好看。院子裡除了兩棵松樹仍舊蒼翠外，幾棵楓樹及一棵蘋果樹葉子早已掉光了，只剩那枝幹也覆蓋著白雪。有些孤伶伶的樹幹、枝椏，在寒風中顫抖著，雖經寒峭嚴冬，來春依舊生氣勃發長出新芽來。

雪又開始飄了下來，很快又將清除乾淨的人行道給覆蓋了。舊雪還來不及溶掉，新落的雪又蓋了上去了。積雪愈積愈高，大地陷入、瀰漫在一片白茫茫裡。

戶外馬路被積雪吞噬覆蓋成只剩窄窄的車道。雖然天氣冷颼颼，但並不影響人們過節採購的熱情。

商場室外偌大的停車場一位難求，商場內多了年節的裝飾。商店折扣促銷，氣氛熱烈，購物者大包小包的拎在手上。幾位年輕人穿著綠色滾白色絨毛邊的精靈裝扮到處分發糖果給小朋友。一處角落，兩位穿著典雅古裝，戴著荷葉邊帽的女子，正拉著小提琴唱著報喜的歌曲，一位義工手裡搖著鈴鐺為慈善機構募款。咖啡店座無虛席，等候外帶的人排成一長列，或許那杯熱熱的咖啡能稍稍化解戶外的冰凍。

有人說：「雪是一名舞者。」此話一點也不假，落雪，有時寂靜無聲的輕移舞步，有時隨著微風輕歌曼舞，有時則迎風熱舞。不管以何種舞姿面貌示人，只要不造成災害，我想沒有人不喜愛的！

輯三

作者「雪人飛越穹蒼系列」陶板畫局部

麵

家人喜歡麵食，妻與兒子尤其講究麵的火候跟Q勁，特別喜歡烏龍麵、拉麵、刀削麵及客家板條。妻只要看到市面上有任何麵的同族便買回來試試，如蕎麥麵、菠菜麵、胡蘿蔔麵等。甚至，麵族的遠親，此間韓國人喜歡吃的小片白色年糕也不放過。

日本拉麵

這日本拉麵店是在市區Robson街的一處轉角，兒子提了幾次，要我們嚐嚐這家道地日本拉麵的口味。又說，這店的湯底是雞骨及新鮮蔬菜經數小時慢火熬成的，拉麵彈牙帶勁，說得我們有些心動。

一個暖暖秋陽午後，我們開車來到Robson街。這裡遍佈著餐館、咖啡座、當今流行服飾店、旅館，是溫哥華最繁華的市街之一。

拉麵店大約容納十來人，一進門就聽到廚師及服務生的吆喝聲，這與日人開設的壽司店如出一轍，藉著吆喝聲炒熱店內氣氛。戴著頭巾人中留著一小撮髭鬚的主廚，雙手熟練誇張的提起數支燙麵的勺籠，上下甩動的將水濾掉，又以誇大的手勢將胡椒或什麼調味料灑在一碗碗拉麵上。我們點了不同口味的拉麵，有味噌、醬油及海鹽，品嚐不同的湯頭。

日式拉麵配料有肉片、玉米、海苔、豆芽、筍片、蔥花等。我略嫌這店的味噌湯頭過於濃稠而鹹了一點，試了由昆布熬成高湯的醬油拉麵，才覺得其清淡。

天色慢慢暗了下來，門外等候的客人越來越多，從門口一直排到街角。生意做成如此，真讓人欣羨。

麵線麵條

對於麵，我倒沒有太嚴苛的要求，但有兩種麵特別喜歡，幾乎到了一往情深的地步。一是麵條，另一是麵線，這可是有淵源的。記得，在艱困的童年母親常在滾開的水中下麵條，等麵條熟了，拌以事先爆好的蔥頭油，就吃得津津有味；有時加個煎蛋，便滿足得不得了。由於作法簡單，當母親忙，我們就如法炮製自己下麵條吃。說來奇怪這樣簡單的乾麵卻成了我一輩子的最愛。每當發愁不知吃什麼？只要想到這乾麵，再加個主食、青菜，便是滿足的一餐。

至於麵線則有濃得化不開的母親關懷，母親知道我喜歡吃麵線，每次回到家，便為我下一碗加了蔥段熱騰騰的蚵仔麵線。其味清甜可口，百吃不厭。

那些年在金門山外上班，每次回金城老家，母親都準備麵線、角瓜及魚丸讓我帶回山外。及到台北工作，每次回金門，母親還是幫我準備麵線、角瓜及魚丸讓我帶回台北。蚵仔煮麵線加上角瓜是絕配，那數片綠色角瓜讓整碗麵線生動了起來，但角瓜不可煮過熟。家鄉的魚丸則是另一項美食，鮮美彈牙口感十足，與角瓜煮湯，上桌前加些胡椒粉提味，是道美食。

及來加拿大，回到島鄉母親仍舊忙著張羅要我帶的。最近一趟，我的一只行旅箱，放了母親給我的兩大包家鄉麵線。麵線隨著我橫跨九千多公里的北太平洋來到北美洲。這時，這麵線不再僅僅是麵線而已，裡頭除了我對家鄉麵線的愛戀，更多的是母親的愛與關懷。

記憶中難忘的麵食

不曉得是昔日孩子的味蕾較易滿足？還是由於食物的匱乏，小時候在外頭吃過的簡易麵食，至今仍讓我津津樂道回味無窮。其中之一是住家附近一家小餐館的炒麵。炒的是油麵，配料有肉絲、蝦仁、蛋、菜，炒出來的麵滑嫩油亮且富彈性。另一魂牽夢縈的是加了蚵仔滾[1]的切仔麵。那是家鄉貞節牌坊下的小食攤，鮮美的蚵仔滾加上清爽不油膩的切仔麵，拌著蒜泥及新鮮辣椒醬，讓人齒頰留香，吃了還想吃。但幾次返鄉，已不見賣蚵仔滾的攤子了！

高雄華王飯店附近的一家牛肉麵店也是令我回味的。昔日往返台金在高雄候船常常去吃。往日店裡炊煙蒸騰熱鬧滾滾的；麵的湯頭道地，牛肉有嚼勁，雖已事隔多年，記憶仍鮮明。

一日，人在高雄懷著一種懷舊的心情，前往五福四路尋訪。當接近飯店，看那熟識的店名仍在，心中激動莫名！及推門而入，一股霉味迎面而來，店內桌椅老舊客人稀疏。這店名仍舊的牛肉麵店，氣氛已與往日迥異！讓我懷疑往日那秀色可餐的牛肉麵是否還在？只好悵然若失，轉身離開。

1 暫且以「滚」字代，閩南語音ㄌㄧㄣˇ，蚵仔滚是蚵仔裹上一層蕃薯粉，經水煮後蚵仔形成一粒粒的半透明狀。

說書包

書包，具有不少的意含及象徵，有人發揮想像力，稱到國外遊學為「會飛的書包」。大陸則有「書包翻身」之說，意指貧困家庭的孩子透過讀書、學有所成，進而改善家庭環境。

前些時候，獅甲國中的書包，甚至成為國內新聞話題，但使用雙關語或諧音，總以謔而不虐，引人會心一笑為佳。這獅甲地區是高雄捷運紅線的一個站名，那年夏天，正巧多次在此上下車。鄉土的地名，經這新聞播報，才知道此地因「傳統舞獅技藝甲一方」的美譽而得名。

我一向喜愛書包，一直有背書包的習慣。每次背起書包，準備出門，妻總不忘揶揄我一句「又要去上學啦！」

我仍然記得唸小學時背的第一個書包，是母親用卡其布縫製的。第一次背著書包上學，對我是全新的經驗，高興極了。這書包連背帶都是卡其布做的，背帶雖無法調長短，但整個書包卻紮實耐用。書包外還有一小袋子，袋口有一鈕釦可扣合，我常將兩三截短的鉛筆、一小塊橡皮擦及幾張尪仔標，放進這袋內。這書包除了上學裝書本外，下雨天則成了我的雨衣。那時，海峽兩岸的隔海砲戰剛剛結束，物質極度匱乏，學童是沒有雨衣的。正確的說，是根本沒見過雨衣。下雨時，有人就將昔日裝米的大麻布袋，將其中一「角」套入另一「角」折成類似雨衣，套在頭上遮雨。有的人是邊跑邊躲雨；我則是雙手將這書包頂在頭上遮雨，但也僅能擋那小雨。

從擁有第一個書包後，書包便像一位投緣的知心朋友，陪伴著我一連串的求學過程，以及完成學業後長長的工作時日。

目前我擁有兩個書包，都是耐用的布料做成的。藍色的書包已經用了好些年，在台北上班就背著它，邊緣已經磨白磨破了，背帶的金屬環也有些磨損，但我仍然喜歡，捨不得丟棄。有時出遊背著它，到圖書館借還書，背著它；甚至，想走路運動，到市場買菜也背著它當「菜籃」用。另一個是咖啡色的，是前陣子買的，這書包名符其實是上課用的，裡頭放著一個鉛筆盒，盒內像小學生似的裝有自動鉛筆、橡皮擦及畫重點的螢光筆；一本陪伴多年的英文小字典、上課用的書本。每天我背著它與妻到離家不遠的學校上課，重溫學生時代的日子，妻常說：「當個學生在台下聽老師講課，是幸福的。」信然！

說起書包，倒讓我想起台北任教多年的學校來。學校的學生自稱「能K又能玩」，每年的畢業舞會及紀念書包，常常顛覆傳統，引領風騷。早期高中書包，大都是制式草綠色帆布書包，上頭印著校名。約民國七十年代，學校的班聯會開始推出具有學校精神及其他顏色的書包來。當一系列的書包「附堡風雲」、「藍天之子」、「北靖狂沙」、「蒼穹將心」……。一一推出，其中隱含著抱負、展望、以及學校人文精神的書包，極受歡迎。有些學生，甚至唸了大學、研究所，回來探望師長，還背著這些書包，可見學生對這些書包的喜愛。這是學生於課業壓力下，對書包的一種創意玩法。

依我的觀察，喜歡背書包的人大多愛書，這完全沒有褒貶之意；因方正的書包正好提供書最好的放置空間，使書不易損壞。書包對我來說，除了名正言順放書之外，通常，我外出時會加放入一頂鴨舌帽、一個裝熱茶的保溫杯及一包果乾。搭公車，則放些零錢及一本公車票。有時騎單車外出寫生，則放入素描本、炭筆、太陽眼鏡，還有數位相機。年輕朋友對書包的裝飾，則是五花八門，有別著一堆紀念章的，有吊著一個幸運物或小布偶的。

每個人都曾經擁有過書包背過書包，對書包也各有不同喜愛與感受。有的淡然，有的強烈，甚至有人瘋狂到收集各式各樣的書包來。有人說「書包裝著青春記憶」。我倒不曾仔細思量這問題，像我這般鍾情書包，不知道我的書包裝著是什麼？是追憶？是朗朗的書聲？還是那逝去的年華？

林語堂家的閩南菜

林語堂福建漳州人，是鄉下貧窮牧師的兒子。雖然家境清寒，但做牧師的父親卻充滿夢想，希望兒子能夠唸大學甚至出國留學。林語堂不僅沒辜負父親的期望，還成就自己成為一位語言學家、文學家、哲學家、甚至是美食家。他曾說：「吃好味道的東西最能給我無上的快樂」。

林夫人廖翠鳳女士是鼓浪嶼錢莊老闆的千金，又能燒得一手好菜，正好滿足林語堂「吃好味道的快樂」。林夫人的拿手閩南菜有清蒸鰻魚、白菜熬肥鴨、竹筍燉雞湯……。林家認為「論吃的，沒有什麼比得上廈門的海鮮。」像蚵仔煎、蒸蟳、加臘魚煮麵等。

這些林家的閩南菜似曾相識，跟一水之隔的家鄉金門菜色是有些相近。記得小時候，家鄉一般家庭大多清寒，平日很難吃到大魚大肉，因此，每到

「補冬」，家家戶戶都會想辦法燉隻雞鴨或燉條鰻魚吃。這鰻魚有時放幾片生薑清蒸或是一些枸杞燉湯吃。而「白菜熬肥鴨」，頗像家鄉宴席裡的「燕菜」，這「燕菜」是將大白菜、香菇、木耳切絲，然後加上蛋絲、肉絲等，雖然食材一般，但口感極佳，深受鄉人喜愛。

家鄉較少蒸蟳，通常是蒸螃蟹，蟳大多拿來煮粥吃，其湯汁清甜鮮美。昔日，每年的秋冬季節家鄉盛產螃蟹。將螃蟹洗刷乾淨，放入鍋內清水煮熟後，沾著蒜末吃即是美味佳餚。我曾吃過炒的或與油飯一塊蒸的各式螃蟹料理，但感覺都不及簡單的清蒸來得原味，若再啜飲一杯家鄉高粱是完美組合。一回，在緬因州的一處觀光海濱啖龍蝦，也是將龍蝦放入一個不鏽鋼鍋內，以簡單的清蒸來料理。煮熟的龍蝦肉質鮮嫩彈牙，但附上的沾醬卻是奶油頗為特別。加臘魚用煎的或紅燒都好吃，記得家裡有節慶，母親會在紅燒的加臘魚中摻入筍絲及胡蘿蔔並添些辣椒醬，極為美味。母親除了煮麵線加海蚵外，有時會加上一片煎得「赤赤」的馬加魚，與林家的「加臘魚煮麵」同樣讓人食指大動。

家鄉通常在清明節吃潤餅（又稱薄餅、「擦」餅），林家則對潤餅情有獨鍾，非常喜歡，好像並沒侷限於某些節日才吃。據說廈門人吃潤餅較喜歡爛糜的口感，會加入去梗的高麗菜。還認為「隔夜的薄餅更好吃」，這樣的說法我也曾聽母親及祖母說過。大概是將各種菜色匯聚一塊，經幾次煮過，所有的美味都融合在一起了。林家的潤餅除了一般的菜料，還會加上蝦仁、香菇、豆干及冬筍。家裡的潤餅倒不曾放入高麗菜，大概是高麗菜含水分多，易使餅皮破裂。猶記祖母在世時，每回準備潤餅菜料刀工細膩，切著豌豆細長如絲，切芹菜大蒜也一絲不苟。家中吃潤餅常加添花生粉、蒜泥、辣椒醬及豆芽菜。曾經還用蔥段剪成刷子，來將醬料塗刷於餅皮上。而每次吃潤餅，必有一道以魚乾及細條油豆腐煮的熱湯。家中長輩認為這湯與潤餅最為搭配，尤以父親最喜歡。潤餅除了餡料多樣，餅皮的製作也是一門學問。將麵粉糰於平底鍋快速一抹的潤餅皮，要具彈性而不易破裂。昔時，貞節牌坊下及東門舊菜市場邊各有一極富口碑的潤餅皮攤，每次買的人都大排長龍。

林家還有一樣很獨特而全家深愛的「菜餚」—肉鬆。林太太承襲娘家的習慣，喜歡在家製作肉鬆。不論林家居上海或是住紐約時期，都不忘在家製作肉鬆，而金門鄉親較少在家自製肉鬆的。

有趣的是林家每遷徙一處異地，便開始建立他們所稱的「廈門基地」，也就是吃家鄉味的菜。就是全家遠到了紐約，林家仍往唐人街買來香菇、蝦米、金針、木耳等食材。如此，林家便可以繼續做全家喜歡的閩南菜，炒米粉、菜飯、蒸螃蟹、滷麵、燉鰻魚湯以及炒肉鬆。

其實，名列中國八大菜系的閩菜，自有其迷人令人垂涎之處。

說小津的電影

第一次知道小津安二郎這位日本知名導演是許多年前的事。一日，在台北誠品敦南店的書架上，看到厚厚一大冊介紹小津的文字，拿下翻了翻最後還是又放回書架。那時準備出國，正為一些書不知如何處理發愁也不敢再買書。沒想到這失之交臂，竟在多年後與小津的電影再續前緣。

小津電影沒有好萊塢的大卡司及聲光效果，但他的電影就像善於說故事者，從容不迫娓娓敘說著一則則迷人動聽的故事。電影中的人物都是一般市井小民，可能是你我中的任何一位。觀賞小津的電影總覺得像似啜飲一杯香醇的好茶，沒加香料也不加糖，但喝過後總是齒頰甘醇外帶些許苦澀；或許這正是小津想傳達的人生況味，歡樂中也夾雜著悠悠的哀愁。

剛開始對小津幾部電影片名與季節有關頗為好奇，像《早春》（Early Spring）、《晚春》（Late Spring）、《麥秋》（Early Summer）、《秋日和》（Late Autumn）等都是。有一說，小津有意像無標題音樂或繪畫，讓觀賞者自己去感受體會電影內容而不受片名的導引。他的電影場景非常簡單，常出現的有簡樸住家幾坪塌塌米大的客廳、小酒館、玄關、巷口通道等；喝清酒畫面幾乎是每部電影都有的。轉場常是一個有趣的畫面，一長竹竿晾曬的衣服或是一列通過的火車。他執導的電影看不到任何暴力跟色情。

《東京物語》被認為是小津的重要代表作之一，描述一對小鎮夫婦前往東京探訪已成家立業的子女們。受到子女有些冷淡的對待，夫婦鬱悶回到小鎮後，婦人不久過世留下孤獨的老伴。另一部《東京暮色》（Tokyo Twilight）則是以一位父親及兩位幼年時便被母親遺棄的女兒為故事主軸。故事一開始大女兒因不滿自己的婚姻，帶著嬰孩離開先生暫時回到父親的住處。小女兒則因從小缺乏母愛，雖然父親極力扮好父母親的雙重腳色，但仍無法避免小女兒被男友遺棄、墮胎、自殺。大女兒在妹妹發生悲劇後感嘆地說：「孩子成長過程是同時需要父愛及母愛的。」最後，決定搬回自己家。

小津的電影敏銳地捕捉社會生活現象，觸動著我們每個人的心弦，讓我們無可迴避的去深思去正視。

小津早年拍了些電影默片，無法以聲音傳達的默片往往需要更多的肢體語言。拍攝於一九三一年的《東京合唱》敘述一位父親為維持一個家庭的辛苦奮鬥。一九三三年的《瞬間的幻想》（Passing Fancy），則是關於一位單親爸爸跟兒子的故事，兩人特殊的父子互動方式極為感人。尤其，那幕兒子要叫醒爸爸去工作，以球棒打擊爸爸小腿，真是一絕。兩部都是以戰後經濟蕭條做背景，內容迷人逗趣。

小津電影的主題幾乎鎖定在家庭及家庭的解構上。他的電影好像要告訴觀眾「生命本就如此」，人要有強韌的生命力來生活。《東京物語》中，當婦人過世，兒女回來奔喪；辦完後事，兒女們一刻不能停留便紛紛離去。小女兒心生不滿，與常一臉燦爛笑容的原節子飾演的二媳婦有這樣的對話：

小女兒：「人生真是令人失望呢？」

二媳婦：「是的，一點也沒錯！」

人生就是如此，不管你喜不喜歡，總有揮之不去的憂愁！

後記：小津安二郎生於一九〇三年，一九六三年過世，享年六十歲。年少因不喜讀書被逐出校門，轉而至片場學習拍攝電影。他終身未娶，去世時墓碑上只鐫刻著一個「無」字。一生共拍過五十三部劇情片及一部紀錄片，其中默片佔三十二部。

港都印象及一些回憶

　　那年自溫哥華搭機回到桃園機場，同機有兩個高雄家庭剛結伴從加拿大玩回來，正興奮的談論著旅遊事。空蕩蕩的候機室只有我們約七、八位旅客，等候天亮時轉小港的航機。

　　那趟是我闊別高雄多年後的再訪，迫切想知道更多的港都資訊，便主動與他們攀談起來。他們說認識高雄很容易的，只要記著一心、二聖、三多……十全這幾條橫向大道，便可自由自在遊走於這城市。還不厭其詳介紹高雄值得一遊的景點，夢時代百貨、旗津、西子灣、美術館、愛河……。這次的接觸，讓我感受港都人的溫和親切；而真正讓我認識這座城市，是朋友給我一份高雄地圖及幫我準備了一部機車。當我匯入都市的機車洪流，馳騁於大街小巷，才對港都有較為深入的了解。

其實，早些年便已認識這城市，昔日負笈台北唸書搭乘往返高雄及家鄉的海軍登陸鑑，便造訪這都市無數。那時搭乘的登陸艦船艙空氣污濁、引擎聲震耳欲聾，是段辛苦的旅程。船艦常於凌晨抵達高雄，隨即以軍用卡車將旅客送至高雄車站。這時，大夥已經疲憊的身子只好橫七豎八躺臥站內長椅上，等待清晨開往台北第一班平快車，那又是另一段漫漫的火車旅程。其中有兩件事讓我記憶深刻的，一是當登陸艦來到台灣外海，見到那海岸線形成的一條細窄亮光以及旗後燈塔明滅的燈火知道目的地到了，心中的興奮無法言喻。另一是擔心在船上暈船嘔吐，忍著數餐不吃，直到上岸才在火車站前吃了碗海產粥。至今，那清甜的粥湯仍是我記憶中的人間美味！

昔日已遠，當時愛河邊兩旁儘是櫛次鱗比的低矮瓦房。著名的百貨公司是五福路附近的大新及大統百貨，與今日岸邊高樓林立，已不可同日而語。

今夏我再度到訪，喜歡駐足的景點有城市光廊、高雄文學館、遠百的誠品、美術館、西子灣，還有旗津的渡輪。最令人難忘的是旗津的輪渡及西子灣的落日了。渡輪碼頭空氣飄散著鹹鹹的海水味，那鼎沸嘈雜的人聲，渡輪上機車迫不及待準備上岸的隆隆馬達聲，……看了讓人振奮，顯現一股港都人充沛生命力。旗後山頭上屏障海疆的砲台遺址，除了引人發思古幽情外，寬闊的海域盡收眼底。另一邊，則可俯瞰旗津及高雄港灣，八十五層的高樓遠遠矗立著，貨櫃輪、各種船隻來來往往，這「江港歸帆」每回都讓我流連忘返。柴山上觀賞西子灣落日，則是另一迷人之處，那碩大的落日緩緩下沉，顏色瑰麗變化萬千，讓人嘆為觀止。

不可諱言，港都仍有改善空間，有些騎樓高低的地面落差可達數十公分，走一趟下來像是完成一段障礙賽，讓人疲憊不堪、機車汽車任意停放騎樓，造成行人的不便……。港都擁有天然優越的港口，勤奮樸實的市民，曾經創造輝煌的港埠記錄；期待未來縣市合併後，能夠開創另一新局。

狂熱憂鬱的靈魂

——也談梵谷

國立歷史博物館近日展出約百幅的梵谷畫作這是難得的畫展，相信盛況可期。

年少時，曾讀畫家賴傳鑑先生於雄獅美術連載的一系列介紹藝術家專題「巨匠之足跡」及「天才之悲劇」。讀到梵谷時讓我如醉如癡著迷不已，深為梵谷對藝術的堅持熱情，以及悲天憫人的胸懷所感動。

梵谷不像一些藝術工作者老早就立志成為畫家。他專注於畫畫之前，曾在畫廊賣畫、教書、在書店工作以及像他父親一樣當過牧師。一開始，他畫畫的內容以農民及礦工為主，作品色彩暗沉而悲傷。在「吃馬鈴薯的人」（Potato Eaters, 1885），畫中在昏暗的煤油燈下農民圍坐一張桌子共食一盤馬鈴薯當晚餐，每個人的臉上沒有一點表情。稍早的一幅「泥煤田中的兩婦人」（Two Women in the Peat, 1883），也是一片黑褐色。天空有烏鴉飛過，兩婦人正彎著腰埋頭工作，讓人有悲涼之感。梵谷關心窮人，除了想藉著畫讓世人了解窮人的痛苦，他更身體力行幫助窮人。當他到一處礦區當牧師時，他拿錢給窮困的礦工，甚至將自己衣物送給窮人。當教會人士來訪，看他窩在礦工小屋穿著邋遢，就不再聘用他。

梵谷的畫後來變得明亮多彩，一方面由於梵谷透過從事畫作買賣的弟弟西奧認識一些印象派畫家及他們色彩豐富的作品。另一方面受了當時日本浮世繪畫的影響。梵谷是喜愛浮世繪畫的，他曾以浮世繪為畫的背景畫過幾張圖，如一八八七年畫的美術材料供應商人P’ere Tanguy，整張畫的背景都是日本浮世繪。另一幅取名「篷車隊」（The Caravans, 1888），也可看到梵谷用明亮的色彩來畫馬車，以浮世繪常用的黑色輪廓線手法來勾勒馬匹及人物。

普羅旺斯的陽光燦爛景色宜人，那年當梵谷離開巴黎來到這裡讓他充滿活力。他畫金黃色的玉米田和乾草堆，他畫了許多向日葵。對於梵谷來說，這些黃色是南方的象徵，他寫信給弟弟西奧甚至說：「黃色是愛的化身。」

整個夏日梵谷盡情瘋狂的畫畫，這時他總共完成約兩百幅畫作，其中有不少傑作。

「星夜」（The Starry Night, 1889）是他生前最後的作品之一。藍紫色的天空遍佈著星星，星星與月亮帶著迴旋的黃色光暈。前景一顆大柏樹像燃燒火焰般直達天際，中景是房子及教堂，遠處則有數座山丘。畫這畫時梵谷已經住進了療養院。

梵谷一生潦倒，生前只賣出一幅畫。因沒錢雇用模特兒他便畫自己，因此，他畫了不少自畫像。每幅自畫像露出一對憂鬱的眼神，但他對畫畫的熱誠從沒改變。一九八七年，他的一幅向日葵以三千九百五十萬美金的天價賣出，詩人余光中曾說他的畫：「生前沒人看得起，死後沒人買得起。」

部落格的小收藏

前一陣子妻為了教學上的需要，要有個部落格。我答應幫忙，並且申請帳號，希望將實際操作的經驗，做為妻部落格規畫的參考。沒想到我這一玩，自己玩出樂趣來，把當初申請部落格的原意完全拋諸腦後，當然也讓「我的上司」很不諒解。

部落格內有「個人相簿」，我放了一本「小收藏」。這對於真正收藏家如書畫收藏者、古董收藏家或是名錶名筆收藏的人，看了一定嗤之以鼻，認為這算哪門子的收藏？當然我的看法跟收藏家有些不一樣，我純粹是趣味，沒想到要透過收藏來獲益增值；況且，我也沒有豐厚的財力可以購買貴重的物品。我收藏的原則以賞心悅目，看了讓人開心又不需花太多錢的。因此，走到哪，隨興買到哪。當然看到這些小收藏，往往勾起我想到一些事來。

我喜歡收藏精巧的小件工藝品，也喜歡天然的東西。有一回，我在一處海邊沙灘，撿到幾顆特殊紋理的石頭及貝殼，像如獲至寶似的。這事讓老家住在海邊的姊夫知道，他特地帶來一包大小不一的海螺殼送我，讓我感動莫名。很多人一定看過故宮那塊紅燒肉石頭的，最近我看到有位網友，在他的格子裡展示尋獲的幾顆紅燒肉石頭。這些石頭的「肉質」看起來具有彈性，肥瘦的肉紋逼真，好像還讓人聞到那撲鼻的肉香！外觀上，這幾顆石頭與故宮那塊紅燒肉相比毫不遜色！我還曾讀過一則新聞，一位石頭收藏者可將他尋獲與菜餚相仿的石頭擺成一桌宴席，真是不可思議！

我的「小收藏」裡的小魚簍及兩個小籃子是在天母西路買的。這小魚簍寬十一公分，高九公分，以細細的竹條編織而成，是精巧細緻的工藝品。記得當初籃子一個十元，魚簍二十元，三件共是五十元，真是便宜到不行。買回後，將之放於玻璃櫃內，當燈光自上往下照射，真是美！一張印刷古樸的凡爾賽宮海報，是在巴黎近郊的凡爾賽宮買的。這氣勢宏偉的皇宮是路易十四費時多年蓋的，室內金碧輝煌以大件雕塑及巨幅的歷史畫來裝飾；室外則是遼闊的園林，有水池、噴泉。紐約帝國大廈的模型，是當年到紐約旅遊買的，當時台北還沒有一〇一大樓，當搭乘飛快的電梯到觀景台觀覽紐約全景，是難得的經驗。帝國大廈曾是很多電影熱中的取景點，像早期膾炙人口的「金剛」，近日的「西雅圖夜未眠」都是。一件金屬片做的，騎著馬匹的印地安人；馬匹以兩條後腿的蹄尖豎立於一小鐵片平台上，馬腹連接一有弧度的金屬條，金屬條另一端有一鐵塊，使得當印地安人騎馬原地奔馳時能保持平衡，是一件具有力學平衡的工藝品。一件是……。

網友的相簿更精彩，閒暇時我總喜歡挨家挨戶去觀賞。有難得一見的老相片、目不暇給的花卉、秀色可餐的美食、臥遊之樂的景點……。其中有些是網友花了時間、有些是長途跋涉獲得的；由於網友無私分享，使得這虛擬的世界，變成有情的天地。

讀「蘇西的世界」

讀了The Lovely Bones後，才發覺這本書早有中文譯本，書名叫「蘇西的世界」；更讓人驚訝的是這本小說已被拍成電影，這才知道自己有多後知後覺。在好奇心的驅使下，又找來電影看，電影雖有聲光及具體影像，並由「魔戒三部曲」的名導演彼得傑克森執導。但由於電影受限於時間，情節僅能以濃縮及跳躍式呈現，若沒先讀小說我不知是否能看懂電影中每一環節？小說的作者艾莉絲・希柏德（Alice Sebold）曾寫過自傳Lucky，中文版譯為「折翼女孩不流淚」及小說Almost Moon，她曾被推薦為「最具潛力的作家」。

話說十四歲的女孩蘇西（Susie）在放學的回家路上，走一處玉米田捷徑而被鄰居哈維先生給誘姦殺害。自此蘇西便自天堂來觀看敘述她死後事件的發展及她的家人。

一個幸福的家庭突遭受如此悲痛的事，猶如晴天霹靂，家人自是哀痛不已。在這療傷止痛的過程，每一位家人採取的方式各有不同，內心的衝突也不一樣。媽媽悲痛難忍採取疏離這事件及重新過她婚前的獨立生活。因此，她遠走他鄉；還與負責偵查蘇西案件的警探有外遇。妹妹琳西（Lindsey）採取主動的方式，甚至潛入兇手哈維家協助父親蒐集證據。年紀幼小的弟弟巴克利，經常可以感受姊姊出現在身旁，也懂得父親的憂傷。

蘇西被殺害失蹤後，她的家人由開始的拒絕、驚嚇、忿怒、掙扎，到後來的沮喪、消沉、接受，這些過程充滿著辛酸。我個人倒是對蘇西的父親傑克感受最為深刻，當他看到昔日與蘇西一塊做的「玻璃瓶內放置小船」的工藝品及走進女兒空蕩的房間，看到整齊無人再使用的被褥，讓他觸景傷情傷痛不已。當傑克發覺哈維有嫌疑，採取主動了解調查，卻不為太太及警探所贊同。總之他像一位勇敢豁達的掌舵者，讓這艘家庭之船漸漸駛入平靜的海域。

蘇西的驟然死去，這塊遺失的骨頭，讓這個家庭——身體的骨架，幾近瓦解。但由於愛的力量，使得家庭的成員漸漸走出悲傷的陰影重新再度連繫。最後，當他們思念蘇西時，彼此坦然分享思念，讓思念及傷疤成為生活的一部分。因此，這可說是一本療傷止痛的書。

書中的外婆是甘草人物，也是一位有智慧的女人，她的出現給這沉悶的家庭帶進了新鮮的空氣；她轉移孩子的注意力，還教琳西如何化妝美容。書中對謀殺者哈維的結局，並無特別的強調描述。哈維最後是被掉落的尖銳冰柱砸死的，這是蘇西認為最完美的謀殺方式，當冰柱溶掉了證據也就消失不見了。

這小說一上市就廣受書評人好評，成為暢銷書；紐約時報曾推崇這書是「一項極為迷人的成就。」（A stunning achievement.）

天津訪梁啟超故居

七月初，去了趟北京。北京的綠化比我想像的好，遍地種植羽狀複葉的槐樹，這樹葉子頗像家鄉的「苦苓仔樹」，不過枝葉要茂密得多。我們搭乘連接京津間的高速火車，二十來分鐘便抵達天津。路上，車廂門楣上顯示著火車的時速，速度一路飆上三一〇、三一八……三二六公里，同行的伙伴拿著相機吶喊作樂，頻頻拍下新的記錄。到達天津，沿途天津人稱之為母親河的海河蜿蜒於市區，景色旖旎；最後來到梁啟超紀念館。

梁啟超，清末民初的思想家、政論家，光緒二十四年（一八九八年）曾參與康有為所主導的「戊戌政變」，失敗後逃亡日本。故居位於今河北區民族路，這是昔日義大利的租界。樓房共兩層，一樓是客廳、書房，樓上則是起居室及家眷的住所。其後，在這樓房的西側另建一幢義大利風格的兩層樓房，名為「飲冰室」書齋。門前兩側是進出的石臺階，中間有一小蓄水池，池的上方雕有一獸頭，口中可噴水注入池中。

兩棟樓房漆著白色的外牆，有雕花的欄杆花草裝飾的柱頭及有變化的柱身，外觀典雅莊重。戶外，兩樓之間有梁任公坐姿塑像一尊，屋前種有石榴樹數叢，此刻，正結滿青綠的纍纍果實。

館內，除了嚴禁拍照外，玻璃窗緊閉空調備而不用，頗為奇特。故居有面牆上懸掛著梁啟超兒女們的圖像及「飲冰室」大廳牆掛的一幅蔡鍔油畫，頗引起我的興趣。

梁啟超的原配是李夫人，後來，又納李夫人的貼身丫鬟王氏為妾，共生有子女十四人，長成者有九人。這九個子女個個頭角崢嶸，長子梁思成是建築學家，次子梁思永是考古學家，么子梁思禮則是火箭控制系統專家。這三人名列大陸中國科學院院士，所謂「一門三院士」。梁思成及其妻林徽音詩人徐志摩三人間的戀情，台灣曾拍成連續劇「人間四月天」風靡一時。

論者以為梁家子女表現傑出與梁任公對子女的教育有很大的關係。梁氏教導孩子唸書，有所謂的「三步讀書法」，即「鳥瞰，解剖，會通。」又說「做學問原不必太求猛進，像裝罐頭樣子，塞得太多太急，不見得便會受益。」他更以樂觀風趣的生活態度教育子女，他說「我平生對於自己所做的事，都是津津有味，而且還興會淋漓。什麼悲觀咧、厭世咧，從沒有在我的詞典裡出現過。……我是個主張趣味主義的人……。我以為：凡人必常常生活於趣味之中，生活才有價值。若哭喪著臉捱過幾十年，那麼生命便成沙漠，要來何用？」

梁任公對子女的性向志趣及未來發展也是尊重的，他曾對在國外留學的女兒這樣說「我所推薦的學科未必合你的願，你應該自己體察做主，用姊姊、哥哥當顧問，不必泥定爹爹的話。……我很怕因為我的話擾亂了你治學的路。」又說「學問最好是因自己性之所近，往往事半功倍。」

對於梁任公家懸掛學生蔡鍔的肖像是很特別的，可見他們師生之間的情誼。蔡鍔十四歲中秀才，旋即進入長沙時務學堂從師梁啟超，後往日本學習軍事。武昌革命後，在昆明起兵響應，建立軍政府；後被袁世凱調往北京就近監視。蔡佯裝迷戀京城名伎小鳳仙，趁隙逃回雲南組織護國軍聲討袁世凱。這又是另一個拍成電影的故事。

海河一如千百年來緩緩悠悠地流過，但此行，卻勾起我想起清末民初那段列強環伺的紛亂年代。當時，有識之士紛紛採取各種不同途徑報效國家，梁啟超是其中的書生報國典型。而他教育子女的方式又是另一則佳話。

人生風景

每次觀賞素人畫家作品都讓我驚喜不已。不知是那像兒童畫的純真感動著我？還是那股夢幻般的意境結合常理無法在一塊的人事物的創意啟發著我？或是那對生命的喜悅對藝術創作的熾熱形成的畫面感染著我？六十歲才開始學畫的吳李玉哥老太太，她的畫以彩畫平塗，筆觸纖細充滿節慶喜感。台南南鯤鯓洪通的畫則以平面的堆疊方式，將人、鳥、花、樹……以及自創的文字串連在一起。林淵是先雕鑿石雕後再畫畫，他的畫色彩飽和，猴子石雕則可愛討喜。

所謂「素人畫家」是指未經學院訓練的畫家，那他們是怎樣學習畫畫的呢？畫畫的內涵又是從何而來？毫無疑問的，他們的學習來自於汲取生活文化背景中的養分，像洪通的畫離不開南鯤鯓代天府廟宇的民俗圖騰。而吳李玉哥的畫與早年福建老家節慶民俗的回憶有著緊密關係。這是一種很特別的無師自通的學習方式。

幽默大師林語堂對學習有獨特的看法，他認為只要有一部字典，什麼學問都可以自修。他認為學校圍牆外學到的要比學校內學的來得多。因此，他帶女兒四處體驗遊歷，在上海吃館子時叫條子（即召喚妓女陪酒）、在美國感受文化震撼、在歐洲看脫衣舞表演、滑雪、探看火山口等。當二女兒太乙中學畢業時，林語堂卻認為沒有必要上大學，後來女兒憑著自修竟然到耶魯大學教中文。更有趣的是幽默大師雖是文學背景，卻靠著自身的興趣及鑽研，造出了一台中文打字機。他那中文打字的理念，提供後來電腦時代中文輸入法的重要參考。

當林語堂在哈佛唸書，對他來說哈佛大學就是擁有幾百萬本書的衛德諾圖書館。他「像一個猴子在森林裡尋找堅果。如果在一本書裡找不到他要的知識，他就在另外一本書裡找。他在圖書館裡跑來跑去，一天可以跑幾哩路。」就是這種樂在其中的治學方式，成就了其淵博的學識。

日本現代建築大師安藤忠雄的學習過程是另一種傳奇。這位一九九五年獲得建築界最高榮譽的普立茲克獎，是高職工科的畢業生，他曾是貨車司機及職業拳擊手。

安藤自小就喜歡創作的技藝，青少年時期喜愛模型船的製作、繪畫及木工手工藝，這些嗜好使他的興趣延伸到建築。為了學習建築，他除了勤讀建築書籍外，還以旅遊考察來印證建築觀點。他利用參加拳擊比賽贏得的獎金當旅費，前往世界各地旅行，觀覽建築大師作品。這讓他認識到光的魅力，將光巧妙運用在建築中，他曾設計一座教堂，由室外引進的光線形成自然的十字架，頗具匠心；而對混凝土雕塑性的認知，形成他極具特色的一種細膩紋理的「清水混凝土」建築牆面。觀賞大師名作，啟發他對簡單幾何形體的喜好，形成他自己作品的風格。安藤雖是高職學歷，但他的成就獲得舉世肯定，並得到耶魯、哈佛及東京等大學延攬為教授。

在這資訊發達、網路暢通的年代，學識的獲取變得更加容易。無法參與學校的學習者或是想自修的人，有了更主動積極的學習方式。

一位傑出魔術雜耍家——郎德山

一天晚上打開電視機，螢幕出現一段黑白畫面，一位華人穿著平劇蟒袍，手中拿著數個環環相扣的金屬環。當畫面一一切換，金屬環一個個被解開來，動作像似默劇的電影。旁白是一位西人長相的女子，道地的英語腔調，卻稱這華人是她的曾祖父。這引起我極大興趣想探個究竟，華人的英文名字叫Long Tack Sam。

原來旁白女子叫做安・瑪莉・佛萊明（Ann Marie Fleming），是一有華人血統的影片製作人，現居住於溫哥華。她曾耳聞一些有關外曾祖父郎德山的魔術雜耍表演，但當她想知道得更多，問了一些親人卻沒有人能清楚告訴她外曾祖父完整的一生。於是她下定決心，循著外曾祖父生前的足跡及表演過的場所，四處尋找資料拜訪親人。

郎德山一八八五年生於山東，年代距今雖然不算久遠。但對於他的家庭背景，何時學雜耍魔術及何時離開中國，並無確切的說法。有一說郎德山五歲時，中國北方出現大飢荒。有一位魔術師來到村裡表演，朗德山看著神乎其技的表演，讓他心裡好生羨慕。他想，當飢餓時，若能變出麵包來該多好！表演結束，他請求魔術師收他為徒。魔術師徵得郎德山父母的同意後，開始傳授訓練他。經過一段時日的艱苦磨練後，郎德山開始在戲院、大街等各處表演。後來，加入一個正在中國表演的西方馬戲團，當馬戲團返回歐美，他跟著離開中國。

郎德山離開中國後，一說他到美國，一說他到英國。可以確定的是一九〇八年當他在奧地利時，有回在商店買日用品時，認識了店員波蒂（Poldi）小姐，兩人很快戀愛進而結婚。

其時正是滿清末年，華人還留著長長的辮子。他指導一個叫「丹桂班」雜耍團，就以現成的辮子來表演。一個表演是將辮子懸掛於空中的鋼索，鋼索一頭高一頭低。表演時，團員雙手各拿著一面旗子面露微笑，然後，一個個自高的一端流暢的滑向低的這一頭。另一種表演是在頭上綁一條細長繩索，繩索的兩端各繫上一物，當表演者頭不停轉動時，兩個物件便以頭為中心，像直昇機螺旋槳般在頭上旋轉。

郎德山結婚後生下大女兒宓娜（Mina）這就是安的外祖母。接著二女兒妮莎（Neesa）出生了。那時歐洲的經濟非常不好，大戰一觸即發。郎德山只好隻身離開太太女兒，搭船前往美國發展。在美國，他的魔術雜耍團精湛的演出及西人對東方神秘色彩的好奇，獲得極大成功。

郎德山擁有許多膾炙人口的魔術絕活，其中之一是吞針表演：表演時，助手從他的口中抽出一條線，線上每隔一小段綁根針，當這一長串的針一根接一根從他口中被拉出來，場面令人驚心動魄。另一表演是：他先在觀眾面前展示一塊大方巾，讓觀眾了解方巾沒隱藏任何東西。接著隨音樂做表演，說時遲那時快，他以肩膀為支點快速往前翻了一個跟斗後，再度站立起來時手上除先前的方巾外，還多了方巾下的東西。觀眾在驚訝聲中，想看看方巾下到底是什麼？當揭開方巾，是一個中式的彩繪大瓷碗；這已夠神奇了，讓人不可思議的是大瓷碗內還有水，一條金魚正游於其中哪！

當郎德山事業如日中天的同時，電影科技也正快速的發展，觀眾漸漸被這新的娛樂所吸引。郎德山因不滿當時一些電影將華人塑造成土匪、強盜及吸食鴉片等形象，拒絕前往好萊塢發展。在觀眾大量流失下，郎德山只好帶領雜耍團離開美國到澳洲、紐西蘭表演，最後也曾回到中國。

安為了收集外曾祖父的資料跑遍美國，英國、奧地利、澳洲、紐西蘭等地。目前這些地方都有郎德山的後人，安很驚喜的在夏威夷姨媽處見到了外曾祖父留下一大箱精緻的刺繡戲服。

郎德山於一九六一年逝世於最初與太太相遇的奧地利小鎮。

安・瑪莉・佛萊明由於攝製「郎德山的魔幻生涯」（The Magical Life of Long Tack Sam）這部影片，使得這樣一位傳奇、傑出、充滿勇氣的中國魔術雜耍家的輪廓變得清晰明朗。而安也因這部片子獲得二〇〇三年多倫多Reel Asian國際影展最佳亞裔加拿大紀錄片及二〇〇三年溫哥華國際影展觀眾票選最佳加拿大電影。

一次意料外的旅程

在台北的住處是一台地小鎮，在這燠熱夏日，台北可是熱不可當，但住處經常是涼風鼓鼓的吹，無須用到冷氣，我戲稱這裡是最接近風的小鎮。清晨，天色微亮，屋後的一大片相思林當第一聲蟬鳴啼叫，其他蟬便零零落落地附和著，最後是眾聲喧嘩，嗚噪不已。這裡行政區雖是鄉的編制，但視野所及的高樓卻一棟棟拔地而起。

初來，每早於街巷四處散步，經過公園路常遇農夫農婦拿著自家種的苦瓜、菜瓜、竹筍、紅心芭樂等，擺在路邊叫賣。看著這新鮮瓜果，叫人心情愉快，有時也挑選幾樣買回家食用。

S是我的鄰居，大約四十歲上下，與太太兩人都是上班族，我們因買茶而認識。他老家在鹿谷擁有茶園，為了幫忙經營家裡的茶葉，夫婦倆雖然平日忙著上班，仍利用周末假日在新竹內灣租了個攤位，銷售自家的茶葉。當誇讚他們夫婦勤奮打拼，他們笑笑地說：「沒甚麼，就像是假日出外郊遊！」

一次，他問我們有沒興趣到內灣走走？若想去可在周末一早搭他們的便車前往，聽到這消息讓我與妻興奮不已。這是意料外的旅程，有便車可搭又有專人導遊。

在往內灣的路上，他們夫婦知道我們對環境不熟，一路上體貼地告訴我們哪邊有好吃的、哪邊可買到便宜的菜、哪邊有夜市……。

來到了內灣，S先泡茶請我品嘗。臨走時，他又再一次告訴我們說，逛了內灣可搭小火車到竹東，然後轉搭客運到新竹。若我們逛得夠晚，正好他們也已收攤，可聯絡他們載。

內灣只是一條窄窄的街道，越接近中午遊客越多。我頗納悶是何原因可以匯聚如此多的遊客？依我粗淺的觀察，內灣傍著溪流，早期遊客應該是來溪流戲水烤肉的，然後慢慢發展成目前的市集。賣的東西主要以麻糬、粿、醃漬的土產為主。另外有街頭畫家、漫畫家、竹雕工藝師、玻璃工藝師，加入這些人文色彩，使得市集有了內涵。

溪流就在街道的入口處，清澈的溪水流過河床大大小小的岩石，艷陽照在水面發出波光熠熠。遊客或坐於岩石上泡腳、或全身埋在水中，享受難得的夏日清涼。岸邊三五成群的年輕人圍坐一塊烤肉，遠遠便可聞到那炭火味。一條吊橋橫跨河流上方，遊客來來往往於河的兩岸。

我們搭小火車到竹東，又轉車到新竹早過了吃中飯時間，不過仍依照S的導引到離火車站不遠的日本料理店進食。雖然餐廳正準備休息，承店家慨允，讓我們能依計畫吃到想吃的午餐。

S雖然與我們初次認識，但從他的身上讓我們看到人情之美，一種敦厚善良以真誠對待他人的態度。而我們的社會正有不計其數的S，構成社會那穩定的力量。

夏日的桑德波恩河

——說卡爾・拉森

無意中發現這三本書讓我喜出望外，三本書名分別是「家」（A Home）、「家庭」（A Family）、「農場」（A Farm）。書的出版已有相當時間，書中的編排是一面文字介紹，一面圖畫，每書約有十五幅圖畫。這些畫都是瑞典畫家卡爾・拉森（Carl Larsson, 1853-1919）的傑作。

書中的水彩畫顏色清爽明朗，畫面常出現孩童，如孩童生日化妝聚會、孩童的日常起居活動等，這些以孩子為模特兒的畫讓人感覺溫馨。

拉森居住的瑞典緯度與加拿大差不多，氣候大致相似。來溫哥華，才實際認知這樣的國度，夏季氣溫暖和晝長夜短，是一年中最好的時光，也是戶外活動的好季節。書中好幾幅畫是描繪這快樂季節的戶外活動，一幅叫做「一處游泳的好地方」（A Good Place for Swimming）中，孩子們在村莊外的桑德波恩河（Sundborn River）游泳，溪旁綠草蔥翠樹林蓊鬱，遠處是小鎮的房舍。畫中，一裸露身體的孩童，正站在跳水台上準備跳水，一孩童在河中游水。另一女孩趴在寬木板上正費勁的想爬上跳水台。溪旁的一女童則迫不及待的脫掉衣服也想玩水。畫面右邊的母親抱著嬰孩坐在樹蔭下，家中的狗兒則挺著前肢坐在畫面前頭。觀賞這畫，讓人隱約可聽到那畫中孩童的嬉笑及陣陣的濺水聲！

有人說拉森的畫常喚起觀者懷舊戀舊之情，此話一點不假。看了這些畫，或多或少讓人勾起一些童年的回憶。另一幅「捕螯蝦」（Crayfishing）同樣牽引人們的記憶，這畫左下角是一片草地，數叢白樺樹分佈在畫的中央，草地上端是一大片河流的水域，上面則是一窄窄的淺綠河岸隔開天際。畫的底部露出一長條桌面，桌上有瓷盤、碗、酒瓶、酒杯及一大盤已經煮好的紅冬冬螯蝦。女孩子個個盛裝，並戴著華麗的帽子；男孩則穿著短褲或捲起褲管拿著釣竿釣蝦或四處查看事先放置於河中的蝦籠。

捕螯蝦對拉森的村莊可是一件大事，每年夏季村民們便開始期待著捕蝦日的到來，並且紛紛著手準備釣竿捕具。合法的捕蝦日是每年的八月十五日，通常，前一天的傍晚，村民便划著平底船來到桑德波恩河安置捕蝦網蝦籠。這晚，無論明月皎潔，還是天候不佳，或是閃電打雷，都不影響村民進行這項年度大事。這幅畫正是八月十五日一大清早，拉森家划著船前來河邊捕蝦及烹煮螯蝦的畫面。

這「合法的捕蝦日」及加拿大限制釣者一次僅能帶走兩條魚回家的規定，同樣是對於生態的珍惜。其實，我們的老祖先也有勿「竭澤而漁」的話，但我們卻未能體會其深意。

卡爾．拉森曾經到過巴黎尋求發展，就在這時認識了妻子凱琳。結婚後，一家住在瑞典一處小村莊，一個叫Little Hyttnäs的小屋。在這裡他以家人為模特兒畫了不少的水彩畫。這些溫馨的家庭畫作受到各地人們的喜愛與關注。拉森也喜歡裝飾住家內外，由於他的水彩畫以家中客廳、餐廳、臥房、陽台……等為背景，家中各個空間都一一入畫。人們驚嘆於他家中新穎的設計、清爽溫暖的色彩、充滿生氣的居住氛圍，這也帶動瑞典居家設計的革新。

拉森一直希望自己擁有一塊農地可以畫農場的風景。後來，正巧鄰居要賣他們的農場，這農場還包括牛、馬、豬、羊及雞隻。他買下了這農場，其中這本「農場」內的畫，便是這農場的寫實記錄。

這冊「農場」反映出在還沒有機械代替人力時農人工作之艱苦。農民需伐木砍材、犁田播種、餵食牲畜、除草收割等。有一幅較為特別的，在那段時日沒有冷藏設備，農人必須趕在冰還沒融化前到湖邊，用鋸子鋸下冰塊。然後拖運回農場貯藏作為夏天冷凍食物之用，這是何等辛苦的工作，從這也讓我們一窺百年前北歐農民的耕作面貌。

無疑的，卡爾．拉森也是一位用心美化居家的藝術家，那一再出現於他畫中，開創室內設計新潮的Little Hyttnäs小屋，現在成為旅遊的熱門景點，並被列入國家保護。

生活記趣

整理房間，在角落櫃子內，發現幾冊初到溫哥華時畫的素描本。翻著這些素描，讓我回憶起一些事。素描本內有靜物，內容有青椒、洋蔥、蘋果、花束、茶具、咖啡瓶、馬克杯、填充小玩偶、廚房留下來的空蛋殼……。戶外的景物，有影子拖曳得長長的光禿樹木、屋舍、樹林、雪景等。幾張實驗意味的雪景，先將紙刷過茶水染成棕色，然後描繪上黑、白色鉛筆。

那年冬天來，正是溫哥華的雨季，與先前夏天來時，燦燦陽光微風舒爽的溫哥華判若兩個城市。因此，大部分的時間都待在屋子裡。這些素描本記錄了我那段時期的生活點滴，每張素描有一個心情故事，陪我度過那些生疏調適的日子。

我一向喜歡我稱之為「無中生有」的樂趣。我說的「無中生有」是指從無，到一點一滴的增加累積，以致完成的整個過程及其伴隨而來的喜樂。以繪畫來說，本是空白的畫紙或畫布，當有了佈局構圖、給了線條、上了色彩，最後完成一幅畫作。這從一張空白紙張，到完成作品，是充滿樂趣的。再如寫一篇文章，當你找來空白稿紙或打開文書處理軟體開一個新檔案。這時你振筆疾書或不停敲打鍵盤，從一張空白稿紙或一頁空白檔案，到一份感人作品的完成，同樣令人充滿驚嘆。

同樣的，寫詩、作曲、作詞……，也都使人享受這種從無到有的樂趣。記得童年時，在廟埕旁的紮紙店，看紮紙師傅的巧手將竹子劈成竹材，然後，紮成舞獅的獅頭，或是紮農曆七月十五日普渡桌上供奉的普渡公。這種從無到有深具巧思的手藝，一樣使我著迷。

第一次接觸陶藝，同樣讓我感動。當那一團黏土，置於轉盤的中央，將土團及雙手潤濕，隨著轆轤轉動的節奏定下中心，將土團拉成不同形狀的容器；同樣讓我像著魔般的愛上它。後來，發覺釉藥富有變化，以長石、石英等為基底，加了不同金屬氧化劑，在某溫度下便能產生各種色彩質感的釉藥來。而每次開窯是一次美麗的邂逅，見證著從一團黏土經捏塑成形，到上千高溫的燒煉；到作品像火鳳凰般浴火重生，披上晶瑩華麗的釉彩。

小時候看著母親用剩餘的碎布縫製成枕頭套面，同樣讓我印象深刻。當時一些布匹有著鮮紅、豔紅的底色，上頭一大朵一大朵牡丹、芙蓉、芍藥、菊花……，具有民俗色彩的布料。母親先將這些碎布料剪裁成大小相同的三角形，然後將這些布料依著顏色的搭配，慢慢的構思，一片片的縫接。每回，看著母親聚精會神的縫製，讓我感覺得到母親正享受這拼布的樂趣。

來到溫哥華，妻看著左鄰右舍種著花花草草，也喜歡上園藝。妻在院子裡種著繡球花、玫瑰、百合等各種花卉，以及蘋果、藍莓等果樹。看著那一株株小花，頂著露水迎著陽光，到枝葉伸展開花結果，叫人驚歎造化的神奇。

歌德曾經說「想保持青春？每天讀一首詩，選一支音樂聽，看一幅好畫，或做一件好事。」其實，在生活中只要擁有一兩樣令人著迷的興趣，它便輕易的擄獲人心，使一個人專注、癡狂、迷戀、充滿青春活力。

夏日海邊行

又圓又大的落日燒紅了天邊，絢麗、迷人、炫目的霞光染遍海面。我們沿著柴山的窄窄公路，一路欣賞西子灣壯觀的夕陽餘暉。

那落日緩慢下沉，然後啣在海平面上，灰青、赭紅、紫紅、淡紫、橘紅、黃、金黃……瑰麗的色彩千變萬化。面對著落日、大海，真應了「心曠神怡……把酒臨風，其喜洋洋者矣！」

這時，一艘將入港的巨輪由遠而近向你駛來，直到眼前才驚覺其速度之快，相機還來不及按快門，輪船已急速掠過，並消失在不遠處滿是綠樹的山頭。來到古砲台遺址「雄鎮北門」，這才看清楚了那扼守高雄港咽喉的燈塔。這燈塔對我來說並不陌生，有人說「在海上看見燈塔有溫暖的感覺。」我可是感同身受。

昔日搭乘往返台金的軍方登陸艦，當漂流了二十多小時後，幾乎到了無法再忍受顛簸的臨界點。倏然於黑夜中，見遠處海平面窄窄一帶亮光，欣喜之情難以言喻，知道台灣已近了；再等看到遠方燈塔那紅燈明滅，表示高雄港到了，這時搭船的痛苦煎熬才漸次獲得釋放。

除了西子灣，我們到旗津、到茄萣、也到墾丁。

那天往墾丁，一早開車上中山高，然後轉八十八號快速道路往東走，越往東車輛越少，而兩旁樹林更見茂密，不時還間雜著一大片香蕉田。銜接上南二高後直奔林邊。然後，沿省道二十六號公路一路往南，椰子樹高高矗立著，一番亞熱帶景象。

在恆春城門，搭建一數層樓高的城樓平台不知作何用？問一群剛上完課輔的女生，說是恆春搶孤比賽的高塔。問恆春可有什麼好吃的？女生們七嘴八舌，豆花、芒果冰……，最後有了一致的建議，介紹了當地有名的包子。

經墾丁大街、帆船石，到了鵝鑾鼻燈塔。這裏，隨處可見含有貝殼的珊瑚礁岩，想遠古應是海洋，受地殼變動而形成目前的地表。我們走到最南端的岩石上，環顧這片汪洋，位置應是台灣海峽、巴士海峽、太平洋三處海域的交會處，也是台灣地理位置最南端。

接著，往北到佳樂水，觀賞海邊奇特的岩石。這時已是日暮時分，便開車往萬里桐的旅館。這旅館依著海邊地勢高低而建，館內動線曲折有變化。旅館後面的海灘，自然、原始、靜謐。

這趟海邊行，是應女兒要求，我想女兒是滿意的，看她手持相機不肯放過任何一處美景、任何一處足跡；甚至一個可口的麻糬、一塊精緻的蛋糕，悉數用相機記錄了下來。當她那張張精心拍攝的照片，在數位相框一一秀出，真是美不勝收。像倒帶似的，我們又重溫一遍夏日海邊的迷戀行程。

蘇格蘭戲劇

第一次接觸莎士比亞戲劇，已是很早的事。昔日，家鄉稱作「社教館」的圖書室有一套梁實秋先生翻譯的莎士比亞全集。我借來威尼斯商人、馬克白、仲夏夜之夢、哈姆雷特、馴悍記……。一本本的看，還煞有介事的將不懂的字詞記下查字典。年紀好像國小高年級或稍晚些，似懂非懂的讀這些劇本，如今還能記得其中劇情的，可說微乎其微了。

近日，重讀馬克白，其劇情及文字的聲韻節奏讓人著迷。話說蘇格蘭將軍馬克白（Macbeth）與班闊（Banquo）平定來自北方的入侵後，在回程的路上遇到三位女巫，女巫給了他們幾個預言。一是馬克白將被封為「考德領主」，二是將成為「未來的國王」，以及班闊的子孫將世代為王。不久，馬克白就接到國王鄧肯（Duncan）的詔書，封他為「考德領主」，應驗了女巫第一個預言。當國王鄧肯決定造訪馬克白城堡時，馬克白及其夫人心裡起了大波瀾並且萌生歹念；心想這是否意味著第二預言即將來到。這一幕，人性的貪婪與理性的衝突交戰達到了極點。最後，在夫人的慫恿鼓動下，慾望戰勝一切，馬克白殺了來訪的國王。馬克白登上王位後，懷疑猜忌，為了鞏固王位不斷剷除異己；馬克白夫人則因長期心裡不安，「海水也難洗清手上的血漬」而精神異常。

劇中最引人入勝的是馬克白於眾叛親離下，再訪女巫。女巫告訴馬克白「所有女人生的人都無法傷害你」，另外「除非城外那一片廣闊森林能移動，否則沒有人能打敗你。」天底下哪有人不是女人生的？森林怎可能移動？這些預言令馬克白躊躇滿志，認為可繼續擁有王位。沒想到當鄧肯的兒子馬爾康（Malcolm）率領大軍來討伐，路過這森林，下令士兵砍下樹枝偽裝於頭上掩蔽。當隊伍開往馬克白城堡途中，遠遠望去就像一座移動的森林。戰場上，馬克白奮勇善戰，所向披靡。當馬克白碰上妻兒為其所殺的馬克道夫（Macduff）時。馬克白洋洋自得對他大吼著：「沒有女人生的人可傷害我！納命來吧！」出乎意料，馬克道夫是剖腹產的。最後，馬克白為其所殺。

電影則有不同的表達趣味，曾導演過戰地琴人、黛絲姑娘的名導演羅曼．波蘭斯基曾於一九七一年導演過「馬克白」。電影一開始三位女巫拉著推車行走在遼闊的海灘，天空有海鷗鳴叫盤旋著，當女巫挖開沙灘埋入詛咒物，配著音樂着實令人震撼。飾演馬克白夫人的女主角Francesca Annis，感覺少了原著中馬克白夫人的邪惡、強悍。國內「當代傳奇劇場」的「慾望城國」也改編自馬克白，而以傳統京戲的裝扮、樂器、唱腔、身段、武術來詮釋表達。在東西方劇場藝術碰觸下，定迸出不少火花，可惜無緣觀賞。

「馬克白」劇中，一開始女巫說道「好就是惡，惡就是好。」（Fair is foul, and foul is fair.）似乎暗示些甚麼？這話頗像老子的「禍兮福之所倚，福兮禍之所伏。」對人生觀察，東西方智者似乎有著相同的洞見。「馬克白」數百年來一直是劇場演出的熱門戲碼，據說每回排演都發生一些意外，有所謂「馬克白詛咒」的流傳。因此，以「蘇格蘭的戲劇」（The Scottish Play）稱之，而不直稱「馬克白」。

輯四

作者「雪人飛越穹蒼系列」陶板畫局部

鞋子的故事

這雙皮鞋是兒子下雪時常穿的。雖是兒子的鞋，但我對它有一份特別的感情，第一次見到便喜歡，好像已經認識很久了。

童年，整個社會物資奇缺，班上有些同學穿著由美援麵粉袋縫製的衣服來上學；衣服上留有「中美合作」的字樣，有時是一面國旗，一面美國旗的。同學幾乎是打赤腳上學，能擁有一雙鞋子是一種奢求。曾看過一部電影，叫「天堂的孩子」，描述小兄妹兩人為了一雙鞋子輪流替換穿的感人故事，我頗能了解那種心情與困窘。

後來，有一種阿兵哥的黑色膠鞋自軍中流出，價錢比較便宜。孩子買這鞋子穿當然太大，鞋帶因而繫得緊緊的，走起路來鞋頭上下搖晃著。不過，孩子們倒是挺喜歡這鞋子踢毽子特別管用。那時候，時興踢毽子及大夥靠著教室的牆，兩邊用力來「擠油」。在冬日，這些遊戲讓大家比較不冷。

有一陣子軍人穿著一種綁帶子的高筒皮鞋，鞋面烏黑發亮，孩子稱它為「反攻大陸鞋」，這皮鞋雖是我的最愛，但也只能在心裡想想。

我會喜歡兒子這鞋子，大概是一種移情作用吧！

喝茶

父親在世時，泡茶大概是他現實勞頓生活中最快樂的時光。那時還沒聽說有烏龍茶，常聽到的是大紅袍。還有一種鐵羅漢的，說來自香港。每回，父親要泡茶，便差遣孩子到雜貨店，買一小包鐵羅漢。

泡好茶，父親吆喝著孩子喝茶。第一次聽說美國有「洛克菲勒」這號人物，這石油起家的富豪是從父親口中得知的。喝茶時，父親總不忘講述從報上看來的有趣新聞與孩子分享。父親對於富豪將大部分財產捐給社會而不

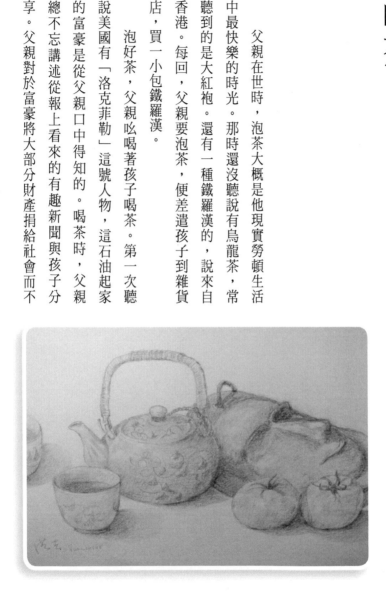

遺留子孫，及對富豪子女仍須打工掙自己學費，除了津津樂道外，也感到不可思議。

父親也說些傳奇人物，講閩南人陳嘉庚在南洋發跡的故事。至今，我仍依稀記得父親形容陳嘉庚產業之大的話語「他的橡膠園，火車跑了六、七個小時，才跨越那一大片田園……。」陳嘉庚熱心興學，成績斐然，在家鄉對岸的廈門集美地區，建有各類學校，嘉惠學子無數。

在這茶香撲鼻，水煙繚繞中，孩子們常陶醉在父親講述的新聞裡。

柿柿如意

最近在部落格，觀賞到許多格友介紹黃澄澄的柿子及廣袤的向日葵等各種花田，讓我好生羨慕。還起了這樣一個想法，怪罪自己在台北那段時日，沒能好好把握這些美景！但仔細一想，那時，假日一家大小出遊也是有的；平時天天上班，假日又像隨喚隨到的司機，載送著孩子學才藝甚麼的……。想到這，心裡就較坦然，也不忍再責怪自己。

以前在家鄉從沒見過這黃澄澄的柿子，有的是已曬成乾的柿果，那吃起來有嚼勁又不會太甜還有一股特殊的風味，我很喜歡。記得住台北時，每次過年到迪化街辦年貨，總不忘順便買一袋柿果回來配著茶吃。

是甚麼時候見到這亮橙新鮮水果，已記不得了。近日見部落格內對柿子的介紹，頗令我著迷。那果樹上的柿子，架高的一盤盤圓形架上曬的柿子，真是壯觀啊！幾天前，與內人到一華人超市買菜。無意間，看見一架子上寫著「韓國柿子」斗大的四個字，讓我眼睛為之一亮，興奮不已。待趨前一看，啊！真的，是柿子耶！這光鮮的水果堆得像座小山，我隨手拿起一個仔細端詳欣賞，並撿了數個。

看這光鮮美麗的橙黃水果，我有感而發地說：「真想回家畫張圖。」內人聽了這話，回說：「那邊的帶枝番茄也好看！也可以畫哪。」又回頭拿了兩串番茄。

黃牛

家鄉金門的牛隻都是黃褐色的，鄉人習慣稱牠們為「黃牛」，與台灣常見的水牛及北美的乳牛有些不一樣。

回到故鄉，隨處可見田野間黃牛悠閒的在草地上吃草。牠們嘴巴細嚼慢嚥的咀嚼著，一派從容自在；有時輕拂著尾巴趕走背上的蟲蠅。

每當見到牛隻，都會引起我停下腳步，欣賞享受牠們那份從容，並幫牠們拍張照。

今夏回到家鄉，拍了幾張牛隻的照片。這素描便是參考其中的照片畫成的。

我的大頭畫

想說最近比較有空，申請個部落格帳號玩玩。沒想到粗粗完成的網頁被稱為「作家」，還有「作家簡介」的，讓我感覺「真歹勢！」雖說偶而也喜歡塗塗寫寫，但對這樣的稱呼倒是愧不敢當。

首頁還需一張大頭照，對不喜歡拍照的我，一時要找張照片還有些難。妻靈機一動，建議：

「何不自己畫一張？」

「嗯，這倒是個好主意！」

畫好自畫像，拿給妻看，問：「像不像？」妻答曰：

「你自己長得怎麼樣？都不知道啊！」

怪啦！我又不是一天到晚照鏡子，怎可能知道自己的確切模樣？

夏天，與一群朋友到北京。一晚，北京的朋友找我們到王府井劇院旁巷弄的一家餐館吃水餃。那五花八門的水餃餡，讓我們大開眼界。吃食時，同行的台灣朋友促狹地說我像極了前行政院劉院長，頻頻舉杯敬酒，希望能大幅增加國民福利。在青島啤酒的助興催化下，我答應今年年終獎金加發三個月、過年每戶送金門陳高兩瓶……，氣氛熱鬧到不行。

你說，這畫像劉院長嗎？哈哈……

與樹相遇

那年來溫哥華
正是冷冽多雨的歲末
天色　陰沉沉的　樹木　光禿禿的
與先前夏日到訪　陽光燦燦　像似兩個不同城市

當太陽出來的日子
日頭將只剩枝椏的樹影拉得　又長又遠
這圖像令新來乍到的我　著迷　雀躍
晴天來時　我迫不及待出外

騎著單車　帶著素描本　一瓶熱熱的烏龍
沿途好奇地觀賞人家的屋舍　路樹　樹影

到海邊　河畔　街坊　熱切的想認識這座城市
我不知道別人怎樣　認識溫哥華的
而我是踩著單車　與她相識

當烏鴉再次於枝頭　屋簷　啼叫
松鼠機靈的　逡巡於草地　攀爬於樹上
此刻　樹木　長出新綠

嫩葉　像一瞑大一寸
瞬即　長成葉子
不經意間　每棵樹　再度枝葉茂密
秋風　刮起落葉　天空雁群　往南遷徙

葉子於掉落前　仍不忘
盡情揮灑色彩　妝點大地
當霜雪降落　雨季來臨
我不再　寂寥　落寞
我知道　我將再與樹影相遇

記得　詩人紀弦
有首詩是這樣寫的：

四十年代，我流浪到了臺灣，
第一次看見瘦瘦長長的檳榔樹——我的亞熱帶的同類，
不禁大聲歡呼，為之雀躍不已。
而凡是我遇上了的，
每一棵都曾被我用力擁抱過；
而他們也從不把我

當做一個異族來看待。
這便是人與樹之間的默契，
或一種友誼之象徵。

我雖不曾　用力擁抱每棵相遇的樹
然而　我誠懇地　一筆一畫　細心捕捉她們的容顏……。

想像中莎士比亞時代的廣告

莎士比亞時代有商業廣告嗎？若有，又是那些買賣呢？

一次在高雄一家懷舊餐廳吃飯，餐廳一角佈置成早期台灣柑仔店，有彈珠、黑松汽水，還有米酒、牙膏、味精、新樂園香菸……等，這些琳瑯滿目的昔日商標廣告包裝，讓人感覺溫馨，就像遇到多年不見的老朋友。

那麼，更早的社會商業廣告又是如何呢？莎士比亞時代有商業廣告嗎？若有，又是那些買賣呢？那時戲劇盛行，欣賞戲劇應是人們重要的娛樂活動。賣酒及酒館自古有之，應該也是有賣酒的市招、簾兒的。衣服鞋帽及吃食等民生必需品應該也是有的。

圖中這兩張海報，是想像莎士比亞時代可能存在的商業廣告。一是劇場海報，劇場正推出戲碼「凱撒與埃及豔后」（Caesar & Cleopatra）的檔期，並強調於指定時間內（25 Oct.-25 Nov.）購票，享有買一送一（Buy two tickets, get one free.）的優惠！另一張則是鞋店（Maisie's boot shop）賣靴子的廣告海報，可能是鞋店周年慶或是慶祝甚麼的，正舉行大拍賣。將原價一雙十英鎊（The original price 10￡）的靴子，現在只賣兩英鎊（Now! 2￡）；還強調靴子的溫暖舒適（Warmth and Comfort）是純皮革製成的（Made of Leather），當然是百分百純手工的囉！

劇場海報（9×9 cm）

鞋店廣告（9×6 cm）

小布偶

畫中可愛的小布偶是孩子小時候的玩具。來溫哥華，妻特地帶來孩子成長各階段所拍的照片、嬰兒時穿的數件衣服及鞋子、玩過的玩具、讀過的童書、大概裝了三、四個紙箱。妻認為這些東西給孩子一個完整的童年回憶，沒想到這些可愛的小布偶卻成了我隨手可得的畫畫題材。

語言文學類　ZG0083

溫柔時光

作　　者 / 洪明傑
責任編輯 / 林千惠
圖文排版 / 陳宛鈴
封面設計 / 王嵩賀

贊助單位 / 金門縣文化局
出 版 者 / 洪明傑
法律顧問 / 毛國樑　律師
製作發行 / 秀威資訊科技股份有限公司
114台北市內湖區瑞光路76巷65號1樓
電話：+886-2-2796-3638　傳真：+886-2-2796-1377
http://www.showwe.com.tw
劃撥帳號 / 19563868　戶名：秀威資訊科技股份有限公司
讀者服務信箱：service@showwe.com.tw
展售門市 / 國家書店（松江門市）
104台北市中山區松江路209號1樓
電話：+886-2-2518-0207　傳真：+886-2-2518-0778
網路訂購 / 秀威網路書店：http://www.bodbooks.com.tw
國家網路書店：http://www.govbooks.com.tw
圖書經銷 / 紅螞蟻圖書有限公司
114台北市內湖區舊宗路二段121巷28、32號4樓
電話：+886-2-2795-3656　傳真：+886-2-2795-4100

2011年 7月BOD一版
定價：270元
版權所有　翻印必究
本書如有缺頁、破損或裝訂錯誤，請寄回更換

Printed in Taiwan
All Rights Reserved

國家圖書館出版品預行編目

溫柔時光 / 洪明傑著. -- 一版. -- 新北市 :
洪明傑, 2011. 07
面； 公分. -- (語言文學類 ; ZG0083)
BOD版
ISBN 978-957-41-8221-3(平裝)

855 100010850

讀者回函卡

感謝您購買本書，為提升服務品質，請填妥以下資料，將讀者回函卡直接寄回或傳真本公司，收到您的寶貴意見後，我們會收藏記錄及檢討，謝謝！

如您需要了解本公司最新出版書目、購書優惠或企劃活動，歡迎您上網查詢或下載相關資料：http:// www.showwe.com.tw

您購買的書名：________________________________

出生日期：________年________月________日

學歷：□高中（含）以下　□大專　□研究所（含）以上

職業：□製造業　□金融業　□資訊業　□軍警　□傳播業　□自由業

□服務業　□公務員　□教職　□學生　□家管　□其它_____

購書地點：□網路書店　□實體書店　□書展　□郵購　□贈閱　□其他

您從何得知本書的消息？

□網路書店　□實體書店　□網路搜尋　□電子報　□書訊　□雜誌

□傳播媒體　□親友推薦　□網站推薦　□部落格　□其他__________

您對本書的評價：（請填代號　1.非常滿意　2.滿意　3.尚可　4.再改進）

封面設計____　版面編排____　內容____　文／譯筆____　價格____

讀完書後您覺得：

□很有收穫　□有收穫　□收穫不多　□沒收穫

對我們的建議：________________________________

____

____

____

請貼
郵票

11466
台北市內湖區瑞光路 76 巷 65 號 1 樓
秀威資訊科技股份有限公司 收
BOD 數位出版事業部

（請沿線對折寄回，謝謝！）

姓　　名：＿＿＿＿＿＿＿＿　年齡：＿＿＿＿　性別：□女　□男

郵遞區號：□□□□□

地　　址：＿＿＿＿＿＿＿＿＿＿＿＿＿＿＿＿＿＿＿＿

聯絡電話：(日)＿＿＿＿＿＿＿＿＿＿(夜)＿＿＿＿＿＿＿＿＿＿

E-mail：＿＿＿＿＿＿＿＿＿＿＿＿＿＿＿＿＿＿＿＿